어머니의 집밥을 먹을 수 있는 횟수는 328번 남았습니다

박춘상 옮김

어머니의 집밥을
먹을 수 있는 횟수는
328번 남았습니다

우와 소라 지음

박춘상 옮김

일러두기

- 본문의 각주는 옮긴이 주입니다.
- 한국어 표기는 국립국어원 표준국어대사전을, 외래어 표기는 외래어 표기법을 따랐으나 일반적으로 통용되는 경우에는 관용에 따라 표기했습니다.

차례

당신이 어머니의 집밥을

먹을 수 있는 횟수는

앞으로 328번 남았습니다

당신이 어머니의 집밥을 먹을 수 있는 횟수는
앞으로 3647번 남았습니다.

내 열 살 생일날 이런 문장이 아래쪽 시야에서 홀연
히 떠올랐다. 아무리 눈을 깜박이고 비벼봐도 그 문장은
사라지지 않았다.

"가즈키, 생일 축하한다. 오늘은 우리 아들 좋아하는
생강 돼지구이를 했어."

어머니가 환한 얼굴로 갓 만든 요리를 식탁에 올렸
다. 생강 돼지구이와 감자 범벅, 육수 계란말이가 들어간
주먹밥.

나는 별생각 없이 평소처럼 젓가락으로 음식을 집어 먹었다. 생강 돼지구이와 삼삼하게 간이 된 감자 범벅… 커다란 주먹밥.

식사를 마쳤을 때 이변이 일어났다는 걸 알아차렸다.

당신이 어머니의 집밥을 먹을 수 있는 횟수는
앞으로 3646번 남았습니다.

"어?"

숫자가 하나 줄었다. 나는 고개를 갸웃거렸다. 어머니가 내 모습을 보더니 불안한 표정을 지었다.

"왜 그러니? 돼지구이가 별로니?"

"아니, 그게 아니라… 숫자가."

어머니의 집밥을 먹을 수 있는 횟수가 줄어들었다. 당시 열 살이었던 나는 어머니에게 그 사실을 제대로 설명할 수 없었다. '집밥'이라는 단어조차도 잘 와닿지 않았으니까.

그때는 어머니가 해주는 밥을 언제든지, 얼마든지 먹을 수 있을 줄 알았다.

그런데 어느 날부터 그 근거 없는 자만심을 조금씩 의심하게 됐다.

당신이 어머니의 집밥을 먹을 수 있는 횟수는
앞으로 3645번 남았습니다.

당신이 어머니의 집밥을 먹을 수 있는 횟수는
앞으로 2851번 남았습니다.

　어머니가 손수 해주는 음식을 먹을 때마다 숫자가 1씩 줄어들었다.
　한 번 먹을 때마다 1씩. 식사가 아니라 간식이더라도. 예를 들어 핫케이크 믹스 가루로 만든 머핀을 먹더라도 집밥으로 간주됐다.
　어머니의 집밥을 먹을 수 있는 횟수.
　온종일 그 숫자가 보이는 건 아니었다. 수업 중이거나 방과 후 친구들과 놀 때는 보이지 않았다. 그러나 문득 '오늘 저녁밥은 뭐지? 엄마가 해준 카레 요리를 먹고 싶은데' 같은 생각을 할 때면 어김없이 그 숫자가 시야에 나타났다.

당신이 어머니의 집밥을 먹을 수 있는 횟수는
앞으로 1652번 남았습니다.

조림간장 냄새가 집 밖에까지 퍼져나가고 있었다.

"오늘은 닭고기조림이네? 난 카레가 더 좋은데."

"카레는 지난주에 먹었잖니."

어머니의 핀잔에 나는 짜증이 왈칵 솟아 어머니를 째려봤다.

"맨날 카레 먹는 게 뭐가 어때서? 엄마, 내일은 카레 먹자. 고기 엄청 많이 넣어서."

언제 카레를 먹었는지는 아무래도 상관없었다. 문제는 어머니의 집밥을 먹을 수 있는 횟수가 한정돼 있다는 것이었다.

싫어하는 음식이라도, 별 감흥이 없는 음식이라도 일단 입에 넣었으면 한 번 먹은 것으로 친다. 그렇다면 매일매일 좋아하는 음식만 먹는 게 낫지 않은가.

당시 초등학교 5학년이었던 나는 생각이 짧았다. 어차피 횟수가 한정돼 있다면 조림보다는 날마다 카레 요리만 먹는 게 더 행복하겠구나 싶었다.

"쓸데없는 소리 말고 어서 손이나 씻고 와."

어머니는 책가방도 내려놓지 않고 투정 부리는 나에게 쌀쌀맞게 말했다.

나는 욕실로 가서 물비누 통의 펌프를 두 번 눌렀다. 두 손에 거품이 보글보글 일자 머릿속에서 생각이 몽글 몽글 피어올랐다.

오늘도 엄마가 차려준 저녁을 먹으면 앞으로 집밥을 먹을 수 있는 횟수가 줄어들겠지? 하루 세 번씩 먹는다고 치면 이 횟수가 다할 때까지 몇 년이나 걸릴까? 앞으로 1652번. 이게 몇 년이나 먹을 수 있는 횟수지? 어른이 될 때까진 먹을 수 있을까?

나는 방으로 들어가 최근에 산 전자계산기를 집요하게 두드리며 계산을 거듭해 봤다.

한 달에 세 번 정도는 외식을 할 수도 있다. 늦잠 자서 아침을 거르는 날도 있겠지. 아, 맞다. 설날에는 할머니 댁에 가니까 '어머니의 집밥'과는 상관없으려나? 그리고 평일에는 학교에서 급식을 먹는다. 하지만 여름방학과 겨울방학에는 급식이 나오지 않으니까….

여러 경우를 고려하며 계산해 봤다. 하지만 아무리 되풀이해도 내가 어른이 되기 전에 횟수가 0이 되고 말았다. 그걸 깨닫고 나니 갑자기 두려움이 밀려왔다.

어른이 되기 전에 집을 나가서 어머니의 집밥을 더는 먹을 수 없게 된다는 뜻일까?

이 숫자는 그런 의미가 아닌 듯하다.

그럼 무슨 의미지?

당신이 어머니의 집밥을 먹을 수 있는 횟수는
앞으로 1652번 남았습니다.

이 숫자가 0이 되면 어떻게 되는 걸까?

"가즈키, 밥 먹어라!"

복도에서 들려오는 어머니의 목소리에 화들짝 놀라 계산기를 바닥에 떨어뜨렸다. 주울 마음이 들지 않아 그냥 내버려두고 황급히 부엌으로 향했다.

식탁에는 닭고기조림과 시금치 무침, 모시조개 된장국이 차려져 있었다. 식탁에 앉자마자 내 앞에 밥그릇이 놓였다. 하얀 쌀밥에서 모락모락 피어오르는 고소한 향기와 김이 얼굴에 닿았다.

"아, 미안. 파 넣는 걸 깜빡했네."

어머니는 된장국에 넣을 파를 잘게 썰기 시작했다.

통통통.

경쾌한 소리를 들으며 나는 다시 식탁을 쳐다봤다. 내 몫의 조림엔 닭고기가 듬뿍 들어 있는데 어머니의 조림엔 거의 들어 있지 않았다.

"내일 카레 해줄게. 고기 잔뜩 넣어서."

통통통.

어머니의 등을 바라봤다. 아무 대꾸도 하지 못한 채.

"많이 기다렸지? 어서 먹자."

어머니는 능숙한 손놀림으로 된장국에 파를 넣은 다음 "잘 먹겠습니다" 하며 두 손을 모았다. 나도 어머니를 따라 한 뒤 입안 가득 닭고기를 집어넣었다.

당신이 어머니의 집밥을 먹을 수 있는 횟수는
앞으로 1651번 남았습니다.

"…오늘은 좀 싱거웠나?"

어머니가 우엉을 썹으며 내 얼굴을 보더니 걱정스러운 표정을 지었다. 나는 고개를 가로저었다.

"똑같아. 늘 먹던 맛이야."

"그래? 그럼 됐고."

어머니가 웃음을 비치자 나는 안도했다.

저녁을 먹으며 어머니와 이런저런 잡담을 나눴다. 나는 학교에서 피구를 한 이야기를, 어머니는 이웃집 아주머니와 수다 떤 이야기를 주로 했다.

"건너편에 사는 누나가 입원했대."

"어, 왜…."

"교통사고. 빨간불일 때 횡단보도 건너다가 차에 치였대. 너도 신호 꼭 지키도록 해."

"…."

"그 누나, 하마터면 죽을 뻔했대."

"…죽는다고?"

나는 황급히 자리에서 일어났다. 어머니의 눈이 휘둥그레졌다.

"갑자기 왜 그러니?"

"아무것도 아니야. 잘 먹었어!"

나는 빈 접시를 개수대에 두고 어머니가 뭐라 하기 전에 내 방으로 갔다. 바닥에 떨어진 계산기를 주워서 '1651'에 대한 계산을 여러 번 해봤다. 결과는 똑같았다.

이대로 매일 집밥을 먹으면 내가 어른이 되기 전에 숫자가 0이 된다.

그럼 0이 뜻하는 것은?

어머니의 집밥을 먹을 수 없게 되는 이유는 뭐지?

이윽고 나는 확신에 가까운 하나의 가설에 이르게 되었다.

당신이 어머니의 집밥을 먹을 수 있는 횟수는
앞으로 999번 남았습니다.

이 숫자가 0이 되면 어머니는, 돌아가신다.

*　*　*

당신이 어머니의 집밥을 먹을 수 있는 횟수는
앞으로 328번 남았습니다.

"가즈키, 저녁은?"

"친구랑 밖에서 먹었어."

"오늘은 스키야키* 할 거라고 아침에 말했잖니?"

"됐어. 먹고 왔다고 했잖아!"

세 끼를 모두 집에서 먹는다고 가정했을 때 횟수가
다하기까지 겨우 4개월밖에 남지 않았다.

열세 살이 된 나는 결국 어머니의 집밥을 입에 대지
않게 됐다. 숫자가 0이 되면 어머니는 돌아가신다. 그러
니 어머니가 차려주는 음식을 거부할 수밖에 없었다.

어쩔 수 없이 스스로 차려 먹거나 귀찮을 때는 컵라
면이나 과자로 끼니를 때웠다.

말이 잘 통하지 않는 동급생들과 패스트푸드점에서
어울리며 대충 먹을 때도 많았다. 그런 것만 먹으면 몸이
상한다며 어머니가 만들어준 주먹밥조차 몰래 개수통

---

*　쇠고기를 채소와 함께 양념해 익힌 뒤 날계란에 찍어 먹는 일본 요리.

거름망이나 화장실에 버리고 먹은 척하기도 했다.

먹는 척하느라 끼니때는 방에 틀어박힌 채 부모님 앞에 모습을 드러내지 않았다.

어느 날 화장실에 가려고 거실 앞을 지나다가 우연히 어머니가 아버지에게 하는 말을 들었다.

"가즈키가 말이에요, 내가 해준 밥을 통 먹질 않아요. 도시락도 필요 없다고 하고…."

"반항기 아닌가?"

아버지는 어머니의 말을 대수롭지 않게 받아들이는 눈치였다. "가즈키도 어엿한 중학생이니 그럴 만도 하지"하며 웃어넘겼다. 어머니는 어쩐지 마뜩잖은 얼굴로 "그런가?"하고 중얼거렸다. 그 목소리가 아주 서글프게 들렸다.

그런 게 아니라고 큰 소리로 말하고 싶었다. 나도 실은 어머니가 해준 밥을 배불리 먹고 싶었다. 양파를 잔뜩 넣은 고기 감자조림, 시중에 파는 것보다 풍미가 깊은 카레 요리, 생강 돼지구이와 감자 범벅, 쿠키, 속을 너무 많이 채워 옆구리가 터진 주먹밥.

당신이 어머니의 집밥을 먹을 수 있는 횟수는

앞으로 328번 남았습니다.

하지만 내가 집밥을 먹을 때마다 숫자가 줄어든다. 숫자가 0이 되는 순간 어머니는 세상을 떠날 것이다.

부모님은 당연히 이 사실을 모른다.

"그나저나 당신, 요즘 많이 수척해진 것 같은데? 턱 선이 또렷해졌어."

아버지가 느긋한 목소리로 말했다.

"그래요? 다이어트한 보람이 좀 있나?"

나는 슬그머니 자리를 빠져나왔다. *그게 아닌데, 아닌데, 아닌데.* 그 생각만 계속하면서.

내가 어머니의 집밥을 먹지 않는 이유, 어머니가 야윈 이유. 그게 아닌데.

**당신이 어머니의 집밥을 먹을 수 있는 횟수는
앞으로 328번 남았습니다.**

…그러나 이 숫자를 말해본들 무슨 소용이 있을까? 눈앞에 어머니의 집밥을 먹을 수 있는 횟수가 보이는데, 그게 얼마 남지 않아서 애써 피하고 있다고 말하라고? 누가 그걸 믿어줄까?

나도 이 숫자가 짓궂은 농담이기를 바란다. 바라왔다. 언제나, 언제나.

하지만 분명 숫자는 줄어들었잖아! 어머니가 해준 요리를 먹을 때마다. 내가 좋아하는 요리든, 질색하는 요리든, 어머니가 "망쳤다"라며 쓴웃음을 지으며 내놓은 요리든 말이다.

어머니가 손수 만든 요리를 단 한 입이라도 먹을 때마다 숫자가 줄어들었잖아.

그렇다면 어머니와 어머니가 차려준 집밥을 멀리하자. 어머니를 피하기가 어렵다면 어떻게든 집에 오는 횟수를 줄이자.

숫자가 0이 되지 않는 한 어머니는 살아 있다. '다이어트 효과'라고 얼버무렸던 허약한 몸도 금세 좋아질 것이다.

내가 어머니의 집밥을 입에 대지 않으면 해결되는 문제다.

그래, 아들 덕분에 오래 사시겠네, 우리 엄마.

"…저기, 아들. 오늘 카레 요리를 할까 하는데. 너도 쇠고기 카레 좋아하잖니?"

"안 먹어."

설령 어머니에게 저런 표정을 짓게 할지라도.

"사 먹는 카레가 더 맛있어. 엄마 카레는 이제 안 먹어."

나는 분명 아무 잘못도 하지 않았다.

＊　＊　＊

당신이 어머니의 집밥을 먹을 수 있는 횟수는
앞으로 328번 남았습니다.

숫자가 줄어들지 않게 된 지 5년이 지났다.

대학에 진학한 나는 아르바이트를 하면서 자취생활을 하기로 했다. 자취를 해야만 하는 구실로 삼고자 일부러 집에서 먼 대학교에 들어갔다. 자립심이 강해서가 아니라 단지 집에서 나가 살기 위한 선택이었다.

어머니와 얼굴을 마주치는 일 자체를 줄여야 했다.

나는 좁은 자취방에 들어갈 만한 최소한의 짐만 골판지 상자에 담았다. 어머니가 짐을 챙기는 내 등 뒤에서 자꾸 말을 걸었다.

"그렇게 얇은 이불 하나만 챙겨서 되겠니? 수건도 더 필요하지 않겠어?"

이것저것 걱정하는 어머니를 제지한 사람은 내가 아니라 아버지였다. 좋은 의미로든 나쁜 의미로든 낙천가

인 아버지는 내 '반항기'가 슬슬 끝나려나 보다고 여긴 모양이었다.

"자꾸 그렇게 잔소리해 대면 괜히 더 반항하고 싶어진다고!"

아버지가 쾌활한 목소리로 말했다. 관대한 모습으로 비쳤지만, '긁어 부스럼' 만들고 싶지 않은 것처럼도 보여서 나는 괜히 부아가 치밀었다.

어머니는 쓸쓸히 웃으며 조용히 짐 꾸리는 일을 도왔다.

짐을 꾸리는 김에 방 청소도 했다. 덕분에 오랫동안 묵혀뒀던 것들이 잇달아 모습을 드러냈다. 어렸을 적 크리스마스 선물로 받은 게임기와 저장 데이터가 지워져 버린 게임 소프트, 평범해서 거들떠볼 것도 없는 졸업 앨범, 어쩐지 버릴 수가 없었던 미니카.

그런 물건이 나올 때마다 어머니는 "이건 생일 때 사 줬던 거네" 하며 옛 시절을 그리워했다. 졸업 앨범을 넘기며 열심히 내 모습을 찾기도 했다.

사진 속 나를 부드럽게 어루만지는 어머니의 뒷모습이 잠시 내 눈길을 끌었다.

어머니의 등이 저렇게 작았던가?

그릇, 옷, 컴퓨터, 책. 내용물 이름을 적은 짐 상자를 이사업체 직원들이 트럭에 실었다. 수납장과 책상을 옮기는 광경을 지켜보던 어머니가 불안해하며 나에게 말했다.

"가즈키, 아무래도 엄마도 좀…."

나는 어머니의 눈빛과 목소리를 밀쳐내듯 말했다.

"이사업체에서 다 해줄 테고, 나머지 정리는 나 혼자서도 할 수 있어. 괜히 따라올 거 없어."

어머니는 눈도 마주치려 하지 않는 나에게 종이 가방을 건넸다.

나는 애써 관심 없는 척하며 가방 안을 힐끔 보았다. 어머니가 종종 내 도시락으로 쓰던 밀폐 용기가 들어 있었다.

"가면서 먹으렴. 네가 아무것도 먹질 않으니."

당신이 어머니의 집밥을 먹을 수 있는 횟수는
앞으로 328번 남았습니다.

"…어."

나는 빼앗듯이 종이 가방을 받고 차에 올라탔다. 어머니는 집을 떠나는 차를 향해 계속해서 손을 흔들었다. 모퉁이를 돌아 시야에서 완전히 사라질 때까지 계속.

도중에 편의점 앞에서 차를 세우고 밀폐 용기를 열어봤다. 편의점에서 파는 주먹밥보다 더 커다란 주먹밥 두 덩이가 랩에 싸여 있었다. 주먹밥 안에 뭐가 들었는지 알 것 같았다. 내가 가장 좋아했던, 연어와 어머니의 특제 육수로 만든 계란말이겠지. 흐물흐물해진 김이 랩에 달라붙어 있었다.

당신이 어머니의 집밥을 먹을 수 있는 횟수는
앞으로 328번 남았습니다.

나는.
어머니가 싸준 그것을, 편의점 쓰레기통에, 버렸다.

＊ ＊ ＊

대학 생활은 나름 즐거웠다. 스스로 택한 학부답게 흥미로운 강의도 많았고, 죽이 맞는 친구도 사귀었다.

가끔 강의를 빼먹고 번화가에 놀러 가기도 했다. 그러면서 이게 바로 청춘이라고 착각하곤 했다. 동아리에서 만나 반년 동안 사귄 여자 친구에게 차였을 때도 청춘이라는 그 말이 나에게 위안이 되어줬다.

"…모치즈키! 마파두부, 9번 테이블!"

"예!"

아르바이트 일터인 중국집은 늘 바빴지만 그만큼 보람도 있었다. 맛있는 요리를 얻어먹을 수 있는 것도 장점 중 하나였다.

밥알이 고슬고슬한 볶음밥, 철판 위에서 지글지글 볶은 칠리새우, 노릇노릇한 교자. 나는 서빙 담당이라서 주방에는 들어가지 않는데, 주방 스태프로 일하는 내 또래 직원은 정말이지 빠르고 정확하게 교자를 빚어냈다.

그러고 보니 어머니는 희한하게 교자를 잘못 만들었지.

어렸을 적 어머니가 빚은 교자는 굽다가 피가 터져서 엉망진창이 되기 일쑤였다. 아버지는 "뱃속에 들어가면 다 똑같다"라며 술과 곁들여서 먹었지만, 어머니는 그때마다 새침한 표정을 짓곤 했다.

그런 회상을 하며 아르바이트하던 날, 일을 마치고 나니 어머니의 문자메시지가 들어와 있었다.

— 수요일에 그쪽에 갈 일이 생겼습니다. 저녁때쯤 자취방에 들를까 하는데 괜찮을까요? 집에 감자가 많이 들어와서 고기 감자조림을 만들어 가져가려 합니다.

어머니는 문자를 보낼 때면 꼭 어색하게 존댓말을 썼다. 나는 기름 냄새가 밴 유니폼을 벗으면서 뭐라고 답장을 보낼지 생각해 봤다.

맛있겠다. 양파를 많이 넣어요. 알바하면서 초간단 교
자 만들기 비법을 배웠으니까 이번에 알려드릴게요.

당신이 어머니의 집밥을 먹을 수 있는 횟수는
앞으로 328번 남았습니다.

사복으로 갈아입은 나는 휴대폰을 들고 문자를 입력
했다. 머릿속으로 떠올렸던 것과는 전혀 다른 내용을.

— 수요일엔 알바 땜에 안 돼요.

…전송.

"수고하셨습니다" 하고 점장에게 인사하고 밖으로
나왔다. 문에 걸린 영업 종료 안내판이 달그락거렸다. 나
는 가게를, 정확히는 가게의 간판을 올려다봤다.

정기휴일: 매주 수요일

대학 생활 동안 본가에 들른 것은 명절 때뿐이었다.
본가에 머물면서도 초밥이나 피자를 배달시켜 먹고, 어
머니가 해준 집밥에는 일절 손대지 않으려고 했다.

그리고,

취직한 뒤에는 본가에 거의 가지 않았다.

"…전부터 느꼈던 건데 말이야. 너 음식에 흥미가 없어?"

사회생활 10년 차쯤 된 어느 날 동료인 고모다가 물었다.

가방에서 점심 도시락을 꺼냈더니 옆자리에 앉은 고모다가 "어차피 오늘도 주먹밥이나 샌드위치겠지" 하며 말을 거는 것이었다.

"샌드위치야. 햄 샌드위치."

"그래? 그럼 저녁은 주먹밥인가?"

고모다는 설마 하는 맘으로 물었겠지만, 그 설마가 맞았다. 나는 고개를 끄덕였다. 그랬더니 방금 고모다가 이맛살을 찌푸리며 음식에 흥미가 없느냐고 물었던 것이다.

"아니, 그런 건 아닌 것 같지만…."

"그래? 편의점에서 간단히 점심을 해결하는 사람도 많지만, 너처럼 맨날 똑같은 것만 먹거나 매번 편의점 음식으로 때우는 사람은 별로 없어."

나는 "그런가?" 하고 대충 대꾸했다. 사실 난 먹는 것을 좋아한다. 하지만 스스로 요리를 하거나 맛있는 걸 먹으러 갈 때면 꼭 어머니의 요리가 떠올랐다. 그리고 '어머니의 집밥을 먹을 수 있는 횟수'가 시야에 나타났다.

앞으로 328번.

하루에 세 번씩 그 현실을 직면하고 싶지 않았다. 나는 어느새 편의점 도시락이나 컵라면같이 '집밥을 조금도 닮지 않은 음식'을 먹어야만 안심할 수 있는 인간이 되고 말았다.

뭐라고 설명해야 할지 몰라서 침묵하자 고모다가 "설마?" 하고 조심스럽게 입을 열었다.

"입이 짧아서 탄수화물밖에 못 먹는 건 아니지? 채소도 챙겨 먹어, 모치즈키⋯."

"집에선 먹고 있어."

"네가 맨날 먹는 점심을 보면 설득력이 떨어지는데? 이러다간 너, 더위 먹고 쓰러져."

그러더니 고모다가 자신의 가방에서 검은색 도시락을 꺼냈다.

2단으로 된 플라스틱 도시락으로, 편의점에서 파는 것이 아니었다. 주변의 다른 직원들도 집에서 싸 온 도시락을 꺼내 먹기 시작했다. 고모다의 도시락은 그 풍경과 잘 어우러졌다.

다만 도시락을 챙겨 오는 사람들은 대부분 기혼자였

다. 배우자가 싸준⋯ 이를테면 '애처 도시락'이다. 또는 배우자나 아이 도시락을 싸주는 김에 자기 것도 싸는 경우가 많았다.

그러나 고모다는 자취하는 총각에다, 내가 알기론 여자 친구도 없었다.

"고모다, 오늘도 직접 만들었어?"

"그럼 안 되냐?"

"아니, 착실하구나 싶어서."

진심이었다. 고모다의 도시락에는 냉동식품이 거의 들어 있지 않았다.

"저녁에 먹는 걸 좀 남겨뒀다가 다음 날 살짝 변주해서 조리하면 편해. 저녁 차리면서 다음 날 먹을 도시락도 같이 챙기든가."

"착실하네."

"더 할 말 없어? 너도 간단한 요리쯤은 한번 도전해 봐."

"나도 간단한 조림이나 볶음 요리는 할 줄 알아. 튀김은 뒷정리가 귀찮아서 거의 하지 않지만."

"흐음, 요리를 아예 못 하는 건 아니구나?"

고모다가 도시락 뚜껑을 열었다.

나는 무슨 반찬을 싸 왔나 하고 도시락을 들여다봤다. 그리고 입을 떡 벌리고 말았다.

"뭐야, 눈독 들이는 그 눈빛은?"

생강 냄새를 감추려는지 고모다가 나에게서 도시락을 떼어놓았다. 하지만 이미 늦었다.

오늘 도시락의 주인공은 생강 돼지구이인 모양이었다. 흰쌀밥에 얹힌 고기 냄새가 식욕을 자극했다.

게다가 반찬 칸에 있는 저 노란 계란말이는 평소와 좀 달라 보인다.

"고모다, 저거 말이야."

"뭐야? 뭘 먹고 싶은데?"

"저거, 육수로 만든 계란말이야?"

그러자 고모다가 뜻밖이라는 표정을 지었다.

"척 보고 잘도 아네? 맞아, 맞아. 어제 간단히 안주 삼아 만들어본 건데 의외로 맛있더라고."

고모다가 내 얼굴을 쳐다보더니 반찬 하나를 골라 나에게 쑥 내밀었다.

이쑤시개에 꽂힌 풋콩 다섯 알이었다.

"넌 일단 채소부터 먹어. 이것도 어제 만든 거야. 콩깍지 까고 콩알 하나하나 이쑤시개에 꽂느라 손이 많이 갔어."

압도하는 말투에 밀려서 나는 풋콩을 받았다. 그런 내 모습을 본 고모다는 만족스러운 듯 계란말이를 가리켰다.

"풋콩 다 먹고 이쑤시개로 이것도 먹어봐."

"어, 그래도 돼?"

"네가 음식에 반응하는 걸 처음 봐서 오늘만 특별히 주는 거야. 단, 그 풋콩 다 먹고 나서."

고모다는 착실하게 손을 모아 "잘 먹겠습니다"라고 한 다음 생강 돼지구이를 먹기 시작했다.

채소를 먹으라고 훈계하는 거나 식사 전에 손을 모아 인사하는 거나 모두 어머니를 떠올리게 했다. 솔직하게 그 얘기를 털어놓자 고모다는 "굳이 말하자면 내가 할아버지의 습관을 답습한 셈이지" 하고 쓴웃음을 지었다. 그리고 보니 고모다는 어렸을 적 부모님을 여읜 뒤로 취직하기 직전까지 할아버지 집에서 살았다고 했다.

풋콩을 다 먹은 나는 고모다에게 빈 이쑤시개를 확인시키고 계란말이 한 덩이를 찍었다. 계란말이는 이쑤시개를 따라 흘러내릴 듯 엄청 부드러웠다. 나는 정갈하게 구워진 노란색 음식을 이리저리 살펴봤다.

육수 계란말이.

이자카야에서는 가끔 먹어봤지만 이렇게 진짜 집에서 만든 계란말이를 먹어본 건 몇 년 만인지 까마득했다.

나는 "잘 먹겠습니다"라고 중얼거린 후 고모다가 만

든 계란말이를 입에 넣었다. 부드러운 식감과 함께 육수
향이 입안에 스르르 퍼졌다.

당신이 어머니의 집밥을 먹을 수 있는 횟수는
앞으로 328번 남았습니다.

"어떠냐? 맛있지?"
고모다가 자신만만하게 물었다. 분명 팔아도 될 만
큼 맛있는 계란말이였다. 나는 고개를 끄덕였다. 그런데.
"이거 무슨 육수 넣은 거야?"
내가 물어보자 고모다가 고개를 갸웃거렸다.
"분말 육수. …맛이 이상한가?"
"그럴 리가. 진짜 맛있어. 어중간한 이자카야에서 파
는 것보다 더 맛있어."
고모다는 다시 기분이 좋아진 듯 기왕이면 이것도
먹어보라며 생강 돼지구이를 권했다. 나는 사양하지 않
고 한 덩이를 입에 넣었다. 생강 향이 연하게 감도는 돼
지구이는 두툼해서 식감이 일품이었다. 구운 정도도 딱
적당했다. 마음만 먹는다면 당장 음식점을 차려도 될 것
같았다.
그렇지만 달랐다.

육수 맛. 구운 정도. 생강의 양. 노릇하게 구워낸 자국도.

어머니의 그것과는 달랐다.

고모다의 도시락을 먹어도 숫자는 줄어들지 않았다. 당연하다. 고모다는 우리 어머니가 아니니까.

나는 뭘 기대했던 거지?

숫자가 줄어들 걱정 없이 어머니의 집밥을 먹을 수 있을 줄 알았나? 아니면 어머니의 집밥과 비슷한 음식이라도?

고모다의 도시락에는 분명 '집밥'이 담겨 있었다. 그런데 나는 그 집밥에서 어머니의 맛에 대한 그리움만 생생히 맛보고 말았다.

그날 저녁 근처 슈퍼에서 계란 두 팩을 사다가 내 손으로 직접 육수 계란말이를 만들어봤다.

여러 종류의 분말 육수를 비롯해 시로다시*와 멘쓰유**도 넣어봤다. 하지만 아무리 애를 써도 어머니의 맛이 나지 않았다. 물의 양과 굽는 시간도 조절해 봤지만 어머니의 육수 계란말이와 같은 식감은 아니었다.

---

*   가다랑어포 등으로 국물을 낸 일본 전통 육수.
**   일본식 우동, 메밀국수 등을 먹을 때 곁들이는 간장 양념.

"…젠장."

계란을 깨면 깰수록 어머니의 육수 계란말이와 점점 멀어지는 것만 같았다.

물의 양과 굽는 시간… 그리고 어머니가 평소에 어떤 육수를 쓰는지조차 나는 알지 못했다.

그런데, 그렇기에.

어머니가 만들어줬던 그 계란말이가 몸서리쳐지도록 그리웠다.

도시락을 나눠 먹었던 그날로부터 반년 뒤에 나는 고모다에게 귤을 선물했다.

어머니는 자주 그런 먹을거리를 보내줬다. 그런 걸 받을 때마다 나는 아예 손을 대지 않고 누군가에게 줘버렸다.

본가에서 보내준 채소와 과일은 엄연히 말해서 '어머니의 집밥'은 아니었다. 하지만 만에 하나라도 숫자가 줄어든다면? 그렇게 생각하니 도저히 입에 댈 수가 없었다.

고모다가 반질반질한 귤껍질과 빛깔을 보고는 오오, 하고 감동하며 고개를 들었다.

"자취하다 보면 과일 챙겨 먹기가 어렵긴 하지. 어머

님이 네 건강 생각해서 보내주신 거 아니야? 요즘 독감도 유행하잖아."

"그럴지도."

"그런 부모님 사랑을 내게 넘겨버려도 돼?"

당신이 어머니의 집밥을 먹을 수 있는 횟수는
앞으로 328번 남았습니다.

"…됐어. 매번 혼자 다 먹지도 못할 양을 보내줘서."

나는 쓴웃음을 지었다. '숫자' 때문에 먹고 싶지 않은 것도 사실이었고, 혼자서는 다 먹지 못하는 것도 사실이었다.

처음에 채소와 과일을 보내줬을 때 "혼자선 다 먹지 못하니 보내지 마세요"라고 딱 한 번 어머니에게 전화한 적이 있었다. 하지만 그건 변명일 뿐, 실은 '어머니'와 '음식'의 조합이 두려웠던 것이다.

…아버지도, 어머니도 과일을 좋아하잖아. 두 분이 드시면 되잖아.

그러나 연락이 뜸했던 아들의 전화가 기뻤던지 어머니는 2주쯤 뒤에 큼직한 사과를 스무 개나 보냈다. 사과 상자에 동봉된 편지에는 이렇게 적혀 있었다.

다 먹지 못하겠거든 회사 사람들하고 나눠 먹으렴.

그 편지를 보니 어머니가 보내준 먹을거리를 몽땅 다른 사람에게 줘버렸다는 죄책감이 조금 누그러지는 듯했다.

채소와 과일뿐만이 아니었다. 어머니는 매년 연하장도 꼬박꼬박 보냈다.

내가 대학에 가며 집을 떠난 직후 디지털카메라를 산 모양이었다. 새해가 다가오면 직접 찍은 부모님 사진을 연하장에 인쇄해서 보내왔다. 아버지와 어머니는 모두 짧은 머리 스타일을 유지했다. 1년마다 보는 사진 속에서 두 분의 모습이 극적으로 바뀌진 않았지만, 그래도 5년 전에 비하면 꽤 늙으셨구나 싶었다.

"오는 설 명절엔 부모님 좀 뵙고 와라."

고모다가 귤을 까면서 말했다. 내가 그렇게 하겠다고 건성으로 대답하자, 고모다가 물끄러미 내 얼굴을 쳐다봤다.

"전부터 느낀 건데 말이야⋯. 모치즈키, 너 요즘 밥은 잘 챙겨 먹고 다니냐? 얼굴이 핼쑥해."

"요즘 식욕이 좀 없더라고. 요전에 감기를 좀 오랫동안 앓아서 그런지."

"감기엔 비타민C야. 자."

고모다가 껍질 깐 귤을 내밀었다. 내가 고개를 젓자 고모다는 "어머님이 생각해서 보내주신 건데" 하고 투덜 거리며 통째로 자기 입에 넣었다.

"맞다, 모치즈키. 요전에 건강검진 받았지? 결과가 어때?"

"아, 그러고 보니… 몇몇 항목이 좀 안 좋게 나왔는 지 재검진 권고 통보가 왔더라고."

나는 싱그러운 귤 향을 맡으며 대답했다.

원래 혈당치가 낮고 빈혈기도 있어서 검진 때마다 몇몇 항목에서 주의하라는 결과를 받았다. 그래서 이번 재검진 통보도 대수롭지 않게 여기고 있었다.

그러나.

"스키러스성 암*입니다. 젊어서 진행 속도가 좀 빨랐 군요."

나는.

"…모치즈키 씨."

---

*   Scirrhous cancer. 경성암이라고도 한다. 암세포가 단단한 성질을 띠며 해당 부 위에 전체적으로 퍼져서 치료하기가 어렵다. 주로 위나 유방 등에 발생한다.

당신이 어머니의 집밥을 먹을 수 있는 횟수는
앞으로 328번 남았습니다.

"길어야 3개월입니다."

내 인생이 시한부라는 걸 깨달았다.

✳ ✳ ✳

어디선가 그리운 조림 냄새가 풍긴다.

아이들이 냄새에 이끌리듯 집으로 돌아가는 발걸음을 재촉한다. 나는 아이들의 뒷모습을 바라보며 스마트폰을 꺼냈다.

'집'이라고 등록된 번호를 찾아 통화 버튼을 눌렀다. 거의 10년 만에 거는 전화였다. 예전과 다름없는 발신음이 몇 번 이어지다가 뚝, 하는 소리가 들렸다.

"…여보세요? 가즈키?"

수화기 너머에서 그리운 목소리가 들렸다. 예전보다 톤이 조금 낮아진 것도 같았다.

내가 아무 말이 없자 어머니가 다시 "여보세요?" 하고 물었다.

"…오랜만이야, 엄마. 잘 지내?"

애써 태연한 척 굴었는데, 그만 목소리가 뒤집어지고 말았다. 하지만 어머니는 신경 쓰지 않았다.

흥분한 듯… 어쩐지 기뻐하는 듯한 목소리가 들려왔다.

"잘 지내지? 아버지도 잘 지내셔. 마침 그쪽에 한번 놀러 갈까 하는 얘기가 나왔어. 뭐라고 했더라? 그 동네에 유명한 팬케이크가 있잖아? 과일이랑 휘핑크림 잔뜩 올린 케이크. 요전에 텔레비전 보고 네 아버지가 웬일로 한번 먹어보고 싶다고 하더라고…."

어머니가 쉴 새 없이 쏟아내는 말에 적당히 맞장구를 치면서 나는 '그 의미'를 생각했다.

**당신이 어머니의 집밥을 먹을 수 있는 횟수는
앞으로 328번 남았습니다.**

이것은 앞으로 어머니의 집밥을 328번 먹으면 어머니가 돌아가신다는 의미가 아니다.

그렇다고 내가 죽는다는 의미도 아닐 것이다.

그저 단순하게, 순수한 '사실'이 적혀 있을 뿐이다.

단지 '집밥을 먹을 수 있는 횟수'만을 보여줄 뿐이다.

…공중전화 카드에 찍힌 숫자와 비슷한 개념이겠지.

전화카드에 숫자 50이 찍혀 있다면 앞으로 쉰 번 통화할 수 있다는 뜻이다. 통화를 쉰 번 다 했다고 해서 누군가가 죽거나 공중전화가 없어지는 일은 일어나지 않는다. 단지 그 카드를 쓸 수 없게 될 뿐이다. 그 카드로 더는 전화를 걸 수 없다는 뜻일 뿐이다.

만약 328이라는 숫자를 다 써버렸다고 해도 어머니나 내가 죽는다고 단정할 순 없다. 가령 내가 중학교 진학 무렵 그 숫자를 다 썼다면 집을 떠나 기숙사가 있는 중학교에 진학했을 수도 있었다. 업무상 해외로 이주했을 가능성도 있었다. 결혼해서 본가에 가는 발길이 뜸해졌을지도….

나나 어머니가 어떤 처지든 집밥을 먹을 수 없는 상황이 된다.

숫자는 분명 그런 의미일 것이다.

그리고 만약 이 숫자를 공중전화 카드의 숫자라고 본다면.

설령 횟수가 남아 있더라도 카드를 잃어버릴 수도 있고 카드가 망가질 수도 있다.

카드의 주인이 죽을, 가능성도.

당신이 어머니의 집밥을 먹을 수 있는 횟수는
앞으로 328번 남았습니다.

…이런 숫자가 보이지 않았더라면 나는 좀 더 순수
하게 음식을 즐길 수 있었을까?

어머니의 집밥을 피하지도, 버리지도 않고.

어머니에게 맛있다고 솔직히 말하고, 이사할 때 어
머니가 싸준 주먹밥을 볼이 터져라 집어 먹고.

그랬다면 어머니와의 사이도 지금과 달라졌을까?

당신이 어머니의 집밥을 먹을 수 있는 횟수는
앞으로 328번 남았습니다.

하지만 이 숫자가 보이지 않았더라면 어머니의 집밥
을 이토록 깊이 생각하는 일도 없었을 것이다. 어렸을 때
와 마찬가지로 이런 건 언제든 먹을 수 있다고 착각하며
살았겠지.

그래서 어머니도, 집밥도 소홀히 여기지 않았을까?

숫자가 눈에 보였기에 이렇게 깨달은 걸까?

그래도 보이지 않는 편이 더 행복하지 않았을까?

생각할 시간이 별로 남아 있지 않다.

시간이 없다. 하지만 아직….

당신이 어머니의 집밥을 먹을 수 있는 횟수는
앞으로 328번 남았습니다.

남아 있다면. 그리고… 시간이 허락된다면.

"…엄마."

어머니 혼자서 흥겹게 쏟아내던 말을 끊어냈다.

어머니는 전혀 아무렇지 않은 듯 평소와 같은 말투로 "왜 그러니?" 하고 물었다.

"집으로 갈 테니까… 뭐라도 좀 만들어줘."

목소리가 작아졌다. 하지만 어머니의 귀에는 들린 모양이었다.

"뭐라도, 라니…."

당황스러운 듯한 목소리였다.

20년 넘게 당신의 집밥을 거부해 왔던 아들이 느닷없이 먹을 걸 만들어달라고 하니 혼란스러운 모양이었다.

"언제?"

"지금 당장."

"지금 당장?! 뭐, 뭘 먹고 싶은데?"

"뭐든지 좋아."

"이거 안 되겠네. 좋아하는 걸 실컷 먹여줘야겠어. 넌 입이 짧아서 챙겨주질 않으면 금세 야위잖니."

어머니가 웃자 나도 따라 웃었다.

눈에 들어온 내 왼손이 부쩍 야위어 보였다. 어떻게든 속사정을 숨겨야겠다는 생각과 어머니의 음식을 먹고 조금이라도 기운을 차리자는 마음이 마구 뒤섞였다.

남은 3개월 동안 어머니가 해준 밥을 얼마나 먹을 수 있을까?

"…그래서, 뭘 먹고 싶니, 가즈키?"

조금 불안해하는 목소리가 들렸다. 나는 글쎄, 하고 말했다.

"고기 감자조림."

"양파 잔뜩 넣고?"

"카레."

"고기는 쇠고기. 맛을 내는 엄마만의 비법은 커피였단다."

"생강 돼지구이."

"넌 감자 범벅이랑 같이 먹는 걸 좋아했지."

"핫케이크 믹스로 만든 머핀. 실은 그거 좋아했어."

"어머, 그리워라. 초코칩이랑⋯ 휘핑크림도 필요하겠네."

당신이 어머니의 집밥을 먹을 수 있는 횟수는
앞으로 328번 남았습니다.

"⋯그리고 주먹밥. 크고 못생긴 주먹밥."

"⋯연어랑 육수 계란말이 넣고?"

어머니의 목소리를 들으니 웃는 것 같기도, 우는 것 같기도 했다.

나도 비로소 조금.

웃고, 웃다가, 울었다.

당신이 자신에게

전화를 걸 수 있는 횟수는

앞으로 ∫번 남았습니다

당장이라도 퍼부을 듯한 먹구름을 보면서 '안드레사'에게 걸어야겠다고 결심했다.

　나카야마 경마장에 우산 꽃들이 펼쳐지겠군. 나는 몸을 부들부들 떨며 밖을 내다봤다. 비가 아니라 눈이 내려도 이상하지 않을, 그야말로 연말다운 날씨였다.

　경마신문에 실린 출마표에서 내가 점찍은 말의 이름을 찾아 붉은 동그라미를 쳤다. 그리고 책상 구석에 놔둔 후부키만주*를 집어 들었다. 반값 할인 딱지가 붙은 만주의 유통기한은 어제까지였다. 하지만 늘 그렇듯 개의치

* 　팥소가 든 일본식 전통 과자.

않고 한입 베어 물었다.

스마트폰으로 날씨를 확인해 보니 오후 강수 확률이 90퍼센트란다. 경기가 시작될 즈음에는 틀림없이 비가 내리겠지. 그렇게만 된다면 안드레사의 독무대가 펼쳐질 것이다.

나는 웃음을 흘리며 책상 구석에 있는 캔맥주로 손을 뻗었다.

"휴일이니까 낮술 좀 해도 뭐라고 안 하실 거죠?"

책상 구석… 부모님의 영정사진을 향해 말했다.

당연히 대답은 없었다.

부모님은 15년 전, 내가 고등학교 2학년 때 교통사고로 돌아가셨다.

2003년 8월 15일. 그날부터 나는 매일 후부키만주를 먹었고, 성인이 되자 캔맥주도 마시기 시작했다.

부모님께 올리는 음식은 15년 동안 바뀌지 않았다.

아버지는 '술'을, 어머니는 '단것'을 좋아하셨을 테니까.

"자, 요기도 했으니 이제 나가볼까?"

빈 캔을 책상 위에 내버려둔 채 경마신문을 챙겨 들고 일어섰다. 검은 다운재킷을 입고 현관에서 신발을 신었다.

우산도 챙겨야지 하고 생각하는데 스마트폰이 울렸다.

재킷 주머니에서 스마트폰을 꺼내 확인했다. 발신번호는….

"공중전화?"

너무나도 낯선 단어였다.

물론 공중전화가 뭔지는 알지만 사용해 본 적은 거의 없었다. 공중전화로 걸려 온 전화를 받은 적도 손에 꼽을 정도다.

누구지? 내가 아는 녀석인가?

미심쩍어하면서 전화를 받았다.

"여보세요?"

"여, 여보세요? 너, 혹시 가지 게이스케?"

"엥?"

어딘가 귀에 익은 남자 목소리였다. 그러나 떠오르는 얼굴이 없었다. 나는 이맛살을 찌푸리며 쏘아붙였다.

"뭐야? 넌 대체 누군데?"

"…지금 몇 월 며칠 몇 시야?"

"뭐?"

"12월 23일 오후 1시. 지금 아리마키넨* 마권 사러 가

---

* 　일본중앙경마회가 매년 12월 나카야마 경기장에서 여는 경마대회.

는 길이지?"

기묘한 목소리의 주인이 "마권 사러 가는 길이지?"
라고 묻자 나는 그만 입을 다물고 말았다.

이어서 수화기 너머의 남자는 "진짜? 말도 안 돼…"
라고 중얼거렸다.

진짜인지 묻고 싶은 사람은 바로 나였다. 아리마키
넨은커녕 내 취미가 경마라는 말조차 아무에게도 한 적
없는데.

"잠깐, 진짜 당신 누구…."

"너, 지금 안드레사가 승리할 거라고 생각하는 거
지? 비가 내리면 진창길도 잘 달리는 안드레사가 단연코
유리하다고 말이야."

"엇?"

속사포처럼 쏟아내는 남자의 말에 나는 무심코 경마
신문을 내려다봤다. 붉은 동그라미를 친 안드레사를.

어디에 몰래카메라나 도청기라도 설치되어 있지 않
은지 현관 주변을 살펴봤다. 그러나 그런 건 보이지 않
았다.

이 녀석 대체 뭐야? 어떻게 이렇게 날 잘 알고 있지?

이 전화는 또 뭐고.

남자가 초조해하면서 타이르는 듯한 목소리로 덧붙

였다.

"…내 말 잘 들어. 일기예보는 틀렸어. 오늘은 오후 5시까지 비가 내리지 않아."

"뭐? 지금 뭔 소리야! 강수 확률이 90퍼센트라고! 비가 내리지 않을 리가 없잖아."

나는 너무나 황당했다.

"그렇지만 안 내린다고. 명심해. 안드레사는 지니까 절대로 사지 마. 올해 아리마키넨에서 승리하는 말은 이…."

"장난 좀 작작 해라! 나 바쁜 몸이거든!"

나 자신도 놀랄 만큼 큰 소리가 튀어나왔다. 그러나 사과할 생각은 없었다. 나는 귀에서 스마트폰을 뗀 뒤 통화 종료 버튼을 눌렀다.

12월 23일 오후 1시 00분 착신. 공중전화. 통화 시간 53초.

요즘 애들 사이에 이런 이상한 장난이 유행 중인가?

나는 스마트폰을 다운재킷에 넣고 집을 나섰다.

— 이자나미채트, 이자나미채트가 아리마키넨을 제패했습니다! 2등은 간발의 차로 5번마 데라이라스테라, 3등은 8번마 매지컬. 애초 주목받았던 안드레사는 안타

깝게도 8등입니다!

"뭐어!"

나는 마권을 집어던졌다. 모든 게 엉망이었다.

평판이 좋지 않았던 암말인 이자나미채트가 우승했다. 2등과 3등도 예상과 달랐다.

아니, 그것보다 안드레사가 폭삭 망하고 말았다. 출발이 늦긴 했지만 설마 그대로 8등을 할 줄이야….

이 모든 게 날씨 때문이라며 나는 하늘을 올려다보고 탄식했다. 하늘을 뒤덮은 잿빛 구름은 단 한 방울의 비도 뿌리지 않았다.

젠장! 강수 확률이 90퍼센트라면서?

1, 2, 3등 말에 배팅한 녀석들은 대박이겠네. 반면에 난 3만 엔을 고스란히 날리고 말았다. 지갑에 남은 건 고작 3천 엔이었다.

"빌어먹을!"

욕지거리를 내뱉고 빗나간 마권을 마구 짓밟았다.

이런 날에는 술이라도 한잔하며 울분을 풀어야 하는 법. 그러나 좋은 술을 마실 돈도 없었다.

평소처럼 슈퍼에서 발포주라도 사 갈까?

나는 경마신문을 쓰레기통에 처넣고 역으로 향했다.

비가 쏴 하며 내리기 시작했다.

"왜 하필 지금…."

그야말로 최악의 하루군. 경마장에서 쪽박을 찬 것도 모자라 슈퍼를 막 나서려고 하니 비가 쏟아진다.

집을 나서기 직전 걸려 온 기묘한 전화 때문에 우산을 챙기는 것도 깜빡하고 말았다.

스마트폰으로 시간을 확인하니 오후 5시가 넘었다.

두 시간쯤 일찍 내렸다면 지금쯤 맛있는 술을 마시고 있었을 텐데. 나는 한숨을 내뱉었다.

여기서 집까지는 걸어서 10분. 비는 당분간 그칠 기미가 없었다.

그냥 맞고 가야겠다.

나는 봉투를 품속에 넣고 단단히 끌어안았다.

봉투 안에는 내가 마실 발포주와 추하이* 그리고 부모님께 올릴 맥주와 후부키만주가 들어 있다. 내용물이 흔들리는 건 싫지만 달리지 않으면 감기에 걸릴 것 같다.

다리에 힘을 주고 한 걸음 내디디려는 순간.

---

*   소주에 탄산수와 과즙을 넣은 일본식 하이볼.

"저기, 죄송한데⋯."

옆에서 누군가 말을 걸었다.

"어, 아, 예?"

상체를 앞으로 기울이고 있던 나는 호들갑스럽게 등을 쭉 폈다. 몸을 곧추세운 이유는 딱 하나. 옆에 서 있는 여자가 꽤 미인이었기 때문이다.

추위에 떨어서인지 여자의 얼굴은 창백했다. 오랫동안 비를 맞았는지 검은 머리가 축 젖어 있었다.

"⋯아, 괜찮습니까?"

여자는 보고 있는 내가 불안해질 정도로 부들부들 떨고 있었다.

따뜻한 음료라도 권할까 하는데 그녀가 또 "죄송한데요"라고 중얼거리더니 코트에서 정기권처럼 생긴 뭔가를 꺼냈다.

"이거⋯ 받아주시면 안 될까요?"

내 시선이 그녀의 얼굴에서 손으로 옮겨 갔다.

정기권은 아닌 것 같았다. 여자가 들고 있는 카드에는 작은 구멍들이 뚫려 있었다.

"⋯전화카드인가요?"

그녀가 고개를 살짝 끄덕이자 나는 곤혹스러웠다.

돈이 궁해서 전화카드라도 팔려는 건가?

나에게 전화카드가 필요한지 묻는다면 대답은 '아니요'다.

스마트폰을 갖고 다니는 현대인에게 전화카드를 팔기란 어려운 일이다. 아무리 미인이라고 해도 사고 싶은 마음이 들지 않았다.

솔직히 말하자. 필요 없다고.

나는 고개를 들었다. 그녀는 표정을 보고 내 뜻을 눈치챘는지 황급히 말했다.

"돈은 필요 없어요. 그냥 이것만 받아주시면 돼요."

"어…."

더더욱 영문을 모르겠다.

"저, 저도…."

여자가 떨리는 목소리로 말을 이었다.

"저도 이걸 모르는 사람한테서 받았어요. 근데… 이제 쓰지 않을 거예요. 그러니까…."

"필요 없으면 그냥 버리면 되잖습니까?"

무심코 차가운 말을 내뱉고 말았다. 하지만 진심이었다.

어차피 사용할 수 있는 횟수도 얼마 안 될 텐데, 굳이 남에게 넘겨줄 만한 가치가 있을까?

그런데 그녀는 고개를 가로저었다. 젖은 머리를 타

고 흐르던 물방울이 내 뺨으로 튀었다.

"이 전화카드는…."

여자가 카드를 뒤집었다. 카드 뒷면에는 딱딱한 글씨체로 이렇게 적혀 있었다.

당신이 자신에게 전화를 걸 수 있는 횟수는
앞으로 5번 남았습니다.

"…이게, 뭡니까?"

요상하고 수상쩍고 별난 장난. 처음에는 머릿속에 그런 생각만 떠올랐다.

비웃어주고 싶은 마음을 억누르고 그녀를 쳐다봤다.

여자는 웃고 있지 않았다.

"여기 적혀 있는 대로예요. 이 카드로 전화하면 과거나 미래의 자기 자신과 통화할 수 있어요."

"말도 안 돼."

이번에는 헛웃음이 새어 나왔다. 그러나 그녀는 진지했고, 정말 간절해 보였다.

"전화번호는 통화를 원하는 과거나 미래의 시간대를 연, 월, 일, 시, 분 순서로 누르면 되고, 한 번 전화를 걸면 1분 동안만 통화할 수 있어요."

"오호."

나는 건성으로 맞장구를 쳤다. 이상한 이야기를 듣다 보니 어느새 빗줄기가 약해졌다. 비가 또 쏟아지기 전에 어서 자리를 뜨고 싶었다.

"제발 받아주셨으면 좋겠어요."

그녀가 반쯤 떠넘기듯 전화카드를 내밀었다.

카드를 받아야만 나를 놓아줄 것 같았다. 수상쩍긴 하지만 일단 받아뒀다가 나중에 편의점 쓰레기통에 버리지 뭐.

나는 마지못해 카드를 받고….

"딱 하나만 묻겠습니다. 왜 버리지 않고 저한테 주는 겁니까?"

정말 궁금해서 물어본 거였다. 그녀는 왜 쓰지 않으려는 건지, 필요 없는 걸 왜 하필 남에게 넘기려는 건지 도무지 짐작할 수 없었다.

그녀는 고개를 푹 숙이더니 기어들어 가는 목소리로 말했다.

"다른 누군가한텐 필요할지도 몰라서요. 다섯 번밖에 남지 않긴 했지만."

빗소리가 어느새 잦아든 듯했다.

젖은 땅바닥을 보니 출렁이던 물웅덩이가 잔잔해지

고 있었다.

나는 말없이 그녀에게서 등을 돌렸다. 기묘한 여자와 수상한 카드. 빨리 이곳을 벗어나고 싶었다.

한 발을 앞으로 철퍽 하고 내디딘 순간.

"저기요!"

뒤돌아보니 그녀는 무척 참담한 표정을 짓고 있었다.

"…전화를 걸었는데 연결이 되지 않았다면 그건 무슨 의미일까요?"

내가 미처 입을 열기도 전에 "그럼 안녕히 가세요" 하고 그녀가 손을 흔들었다.

＊　＊　＊

전화카드를 받은 이튿날인 12월 24일은 휴일이었다.

크리스마스이브에 달리 할 일이 없던 나는 아침부터 빈둥거리며 텔레비전을 봤다. 채널마다 온통 크리스마스 특집뿐이라서 재미도 없었다.

부모님께 올렸던 만주를 깨작깨작 먹으며 한숨을 내뱉었다. 그러곤 전화카드를 쥐고 눈앞에서 만지작거렸다.

당신이 자신에게 전화를 걸 수 있는 횟수는

"과거나 미래의 자신이랑 통화할 수 있다고?"

도무지 믿기지 않는 이야기였다. 초등학생 꼬마도 속지 않을 거짓말이다.

그러나 그녀의 표정만은 진짜처럼 보였다.

"나 참, 그런 어설픈 연기에 금세 넘어가 버리냐."

나는 자신을 비웃은 뒤 잠옷을 벗었다. 크리스마스 특집은 이제 지긋지긋했다. 근처 대여점에서 DVD라도 빌려다 보기로 했다.

잠옷을 바구니에 던져 넣고 근처에 굴러다니던 재킷을 집어 대충 걸쳤다.

2018년 12월 24일 오후 1시.

다운재킷의 지퍼를 올리고 책상 구석을 쳐다봤다. 사진 속의 부모님이 미소를 짓고 있다.

당신이 자신에게 전화를 걸 수 있는 횟수는
앞으로 5번 남았습니다.

"만약 이게 진짜라면 그날의 교통사고도 피할 수 있을 텐데."

나는 부모님께 전화카드를 보여주며 웃었다.

역 앞 대여점에서 옛날 영화 DVD를 세 편 빌린 뒤 슈
퍼에 들렀다. 평소처럼 캔맥주와 후부키만주를 사려고.
후부키만주에는 역시나 할인 딱지가 붙어 있었다. 나는
주저 없이 반값에 판매되는 만주를 집어 들고 바구니에
넣었다.

손에 봉투를 달랑거리며 집으로 발길을 돌렸다.

셔터가 내려진 술집 앞을 지나는데 공중전화 부스가
눈에 들어왔다. 사방이 유리로 막힌 작은 공간과 그 안의
초록색 전화기. 그러고 보니 이곳에 전화 부스가 있었지.

"…뭐, 심심풀이로 한번 속아보지."

재킷 주머니에서 전화카드를 꺼내 부스에 들어갔다.
봉투를 바닥에 내려놓고 전화카드 뒷면을 봤다.

당신이 자신에게 전화를 걸 수 있는 횟수는
앞으로 5번 남았습니다.

어제의 나에게 우승마를 미리 알려주며 전 재산을 배
팅하라고 하자. 그러면 앞으로 한세상 편히 먹고살 수 있
겠지.

전화카드 투입구에 카드를 밀어넣는데 문득 그런 얄팍한 생각이 들었다.

"어디 보자, 어제 낮이니까 번호는⋯."

2018-12-23-13-00.

마지막으로 0을 두 번 눌렀을 때 어제 오후 1시쯤 이상한 전화를 받았다는 사실이 떠올랐다.

⋯에이, 설마.

수화기에서 뚜‐뚜‐뚜‐하고 전자음이 나기 시작했다. 나는 코웃음을 쳤다. 어차피 "지금 거신 번호는 없는 번호입니다"라는 안내 음성이 나오겠지.

갑자기 이 상황이 우스워졌다. 빨리 집으로 가서 DVD나 봐야지. 그렇게 생각하며 수화기를 내려놓으려할 때였다.

삐‐. 뭔가 끊기는 소리가 들렸다.

"응?"

⋯뚜르르르르, 뚜르르르르, 뚜르르르르.

"아, 엥, 어어?"

장난삼아 눌러본 건데 대체 어디로 연결되는 거지?

황급히 전화를 끊으려는 순간 발신음이 뚝 멈췄다.

"여보세요?"

수화기 너머로 언짢아하는 듯한 남자 목소리가 들렸

다. 분명 어디선가 들어본 듯한 목소리다.

설마….

"여, 여보세요? 너, 혹시 가지 게이스케?"

"엥?"

내가 게이스케냐고 묻자 상대는 더욱 낮게 깐 목소리로 도발하듯 되물었다.

"뭐야? 넌 대체 누군데?"

위압적인 이 말투. 살짝 쉰 목소리.

틀림없다. 이건 나다.

잠깐, 그럼….

"…지금 몇 월 며칠 몇 시야?"

"뭐?"

"12월 23일 오후 1시. 지금 아리마키넨 마권 사러 가는 길이지?"

내가 묻자, 상대가 갑자기 조용해졌다. 마권이라는 단어를 듣고 당황한 게 분명했다.

그렇다면 지금 수화기 너머는 12월 23일 오후 1시다. 상대는 경마장에 가려고 외출하려는 참일 것이다.

나는 이 상황이 믿기지 않아 "진짜? 말도 안 돼…"라고 중얼거렸다. 기가 막힐 지경이었지만 이내 마음을 다 잡았다.

정말 어제의 나와 전화가 연결된 거라면 꼭 해야 할 말이 있었다. 이대로 내버려뒀다간 나, 게이스케는 8등을 할 말에게 3만 엔이나 걸 테니까.

어제의 경주를 떠올리며 나는 입을 열었다.

저녁 5시까지는 비가 내리지 않는다고. 안드레사는 부진할 테니 배팅하지 말라고.

"올해 아리마키넨에서 승리하는 말은 이…."

"장난 좀 작작 해라! 나 바쁜 몸이거든!"

수화기가 깨져나갈 듯 성난 소리가 넘어왔다. 그대로 뚝 하고 전화가 끊겼다.

"야, 인마! …빌어먹을!"

나도 난폭하게 수화기를 내려놓았다. 그러자 이내 전화카드가 투입구에서 밀려 나왔다. 카드 뒷면의 문장이 눈에 들어왔다.

당신이 자신에게 전화를 걸 수 있는 횟수는
앞으로 4번 남았습니다.

"…줄었잖아!"

나는 서둘러 스마트폰 통화 이력을 확인했다.

12월 23일 오후 1시 00분 착신. 공중전화. 통화 시간

53초.

"거짓말⋯."

이 카드는 진짜다.

발치에서부터 서서히 공포가 휘감고 올라왔다. 나는 전화 부스를 뛰쳐나갔다.

❊　❊　❊

책상 구석에는 언제나 웃고 있는 사진이 놓여 있다.

당신들이 사고를 당했다는 사실을 모른 채 온화하게 웃고 있는 두 사람.

'그날'이 올 때까지 나 역시 아무것도 몰랐다.

경찰의 전화를 받고 병원으로 달려갔을 때 부모님은 이미 숨을 거둔 상태였다. 그런 일은 드라마 세계에서만 벌어지는 줄 알았다. 혹은 나와는 관계없는 일인 줄만 알았다.

하지만 소중한 사람과의 영원한 이별은 누구에게라도, ⋯나에게도 찾아올 수 있다는 걸 갑작스럽게 깨달았다.

조문, 장례식, 사십구재, 납골.

의식을 치를 때마다 일상이라고 여겼던 나날들이 멀어져 갔다. 이윽고 옛 일상은 사라지고 부모님의 사진만 책상 구석에 남았다.

부모님을 잃은 뒤로 나는 '가족'이라는 단어를 질색하게 됐다.

부모님과 함께 담임 면담을 하러 가는 동급생을 보며 '저 녀석들은 부모가 없으면 자기 진로도 하나 못 정하나?'라고 생각했다. 학부모와 함께하는 행사에는 일절 참여하지 않았다.

가족애를 주제로 한 텔레비전 방송에서 아이가 편지를 낭독하는 장면이 나오면 소름이 돋았다.

아빠는 언제나 열심히 일하십니다. 엄마는 매일 맛있는 음식을 해주십니다.

"…퍽이나 좋겠네. 잘도 읽네."

혐오 속에 섞인 절망.

나는 나이를 먹어 열일곱 살에서 서른두 살이 됐지만, 사진 속 두 분은 나이를 먹지 않았다. 두 번 다시 만날 수 없고 대화를 할 수도 없다.

죽음은 이별을 준비하지 못했더라도, 작별 인사를 하지 못했더라도 그런 것과는 상관없이 급습한다. 예언할 수도 없고 피할 수도 없다.

부모님이 이 세계에서 사라진 뒤에야 나는 그 사실을 깨달았다.

그런 줄로만 알았다.

당신이 자신에게 전화를 걸 수 있는 횟수는
앞으로 4번 남았습니다.

"피하게 할 수… 있을까?"

나는 전화카드에 적힌 글자를 몇 번이고 확인하며 혼잣말했다.

과거나 미래의 나에게 전화를 걸 수 있다.

낯선 여자가 준 이 전화카드만 있으면 부모님의 죽음을 예언할 수도, 피하게 할 수도 있다. 고등학생 시절의 나에게 전화해서 부모님이 사고를 당할 테니 주의하라고 당부하기만 하면 된다.

나는 전화카드를 책상에 두고 액자를 쳐다봤다. 액자 속 두 얼굴은 세월과 함께 흐려지고 누렇게 변색되어 있었다.

늙지 않는 얼굴, 바래가는 사진.

15년 전에는 상상도 하지 못했던 이 미래를 바꿀 수 있을지도 모른다.

"하지만 고작 4분…."

나는 머리를 감싸 쥐었다.

전화카드는 앞으로 네 번밖에 쓰지 못한다. 한 통화당 1분이 주어지니 총 통화 시간은 길어도 겨우 4분이다.

즉 4분 안에 부모님이 장차 당하게 될 사고에 대해 간략히 설명하고, 더불어 과거의 나 자신이 내 말을 받아들이도록 믿음을 심어줘야 한다. 과거의 나는 미래의 내가 전화를 걸었다는 사실을 믿어줄까?

"고등학생 시절 몰래 간직했던 나만의 비밀…."

그런 게 없었다고 하면 거짓말이겠지. 그러나 벌써 15년이나 흘러서 당시의 기억이 흐릿하다.

젠장, 일기라도 써둘 걸 그랬다.

머리를 긁적이며 영정사진을 봤다. 내가 웃고 있든, 고민에 빠졌든 늘 변함없는 저 웃음.

저 표정을 바꿀 수 있다면.

"일단 한번 부딪쳐 보자!"

나는 전화카드를 들고 일어섰다.

셔터가 내려진 술집 근처에 우두커니 서 있는 전화부스.

문을 당겨 안으로 들어가자 단번에 세계와 차단된 듯한 느낌이 들었다. 싸늘하지는 않은, 그렇다고 따뜻하지도 않은 공기가 부스 안에 괴어 있었다.

현재 시각은 12월 24일 오후 5시. 지금 내가 전화를 걸려는 상대는 15년 전 한여름의 나 자신이다.

2003-08-14-18-00.

부모님이 사고를 당한 날은 이튿날인 15일, 오봉* 명절날이었다. 가족이 다 함께 할아버지를 뵈러 가야 했지만, 당시 반항기였던 나는 가족과 함께 외출하기가 싫어서 혼자 집에 남겠다고 고집을 부렸다.

결국 부모님만 할아버지 댁으로 갔고, 졸음운전을 하던 대형 트럭이 부모님의 차를 뒤에서 들이받았다.

2003년 8월 15일.

그날의 운명을 단 5분간이라도 바꿀 수 있다면.

전화번호를 누르고 수화기를 귀에 댔다. 발신음이 여러 번 이어졌다. 일곱… 여덟… 아홉.

"…여보세요?"

고등학생인 내가 전화를 받았다.

겨우 귀에 닿은 목소리가 묘하게 낮았다. 요전의 나처럼 발신자 표시란에 뜬 '공중전화'라는 낯선 단어에 경

* 우리나라의 추석과 비슷한 일본 최대의 명절.

계심이 들었는지도 모른다.

"여보세요? 가지 게이스케, 지금부터 내가 하는 말, 명심해서 들어줄래?"

"뭐?"

"부탁이야, 내 이야기 좀 귀담아들어 줬으면 좋겠어."

내가 저자세로 나가자 상대가 조용해졌다.

상대가 바로 나 자신이기 때문에 어떻게 대해야 하는지 잘 안다. 사춘기 시절 나는 사사건건 불평불만을 늘어놓던 녀석이었다. 정체도 알 수 없는 인간이 전화로 늘어놓는 조언 따위는 들은 척도 하지 않겠지. 하물며 미래의 자신이 공중전화로 전화를 걸었다는 말을 믿어줄 리도 없다.

그러나 나는 지금 단 1분 안에 이 녀석을 설득해야만 한다.

"가지 게이스케, 네 부모님은 내일 할아버지 댁에 갈 예정일 거야. 넌 집을 지키겠다고 고집을 부렸고. 내 말 맞지?"

"…너 뭐야? 대체 누구야?"

"우선은 내 말을 끝까지 들어봐. 내일 부모님이 외출하지 못하게 막아야 해. 그게 어렵다면 단 5분이라도 좋으니, 출발 시간을 좀 늦춰. 그러지 않고 그냥 내버려뒀다간 내일 부모님은…."

"그러니까 대체 네가 누구냐고!"

"잠자코 내 말이나 들어! 잘 들어, 난 15년 뒤… 서른 두 살이 된 너야. 믿지 못하겠거든 네 비밀을 하나 말해 줄게. 너, 같은 반의 마쓰다라는 여학생 좋아하지?"

수화기 너머에서 숨을 삼키는 소리가 들렸다.

"어때? 이제 내 말이 믿겨?"

마쓰다는 만화를 유난히 잘 그리던 과묵한 아이였다. 그런데 남자애들은 그 애를 '오타쿠'라고 부르며 괴롭히곤 했다. 그런 마쓰다에게 호감을 품고 있다는 걸 들킨다면 도리어 내가 놀림감이 될 게 뻔했다. 결국 나는 고백도 하지 못한 채 고등학교를 졸업했다.

같은 반 친구 마쓰다를 좋아한다. 이것은 오로지 '나' 밖에 모르는 비밀이었다. 그 비밀을 언급한다면 전화를 건 상대가 '나 자신'이라는 말에 신빙성이 생길 것이다.

하지만 수화기 너머에서 돌아온 말은….

"…헛소리."

짜증이 난, 낮게 깔린 목소리였다. 나는 예상치 못한 대답에 당황했다.

뭐야? 사실을 말한 건데 왜 화를 내지?

"그런 촌뜨기 오타쿠 따위를 좋아할 리 없잖아. 너

뭐야? 너, 나랑 같은 반 녀석이야?"

약간 떨림이 느껴지는 목소리를 듣고서 나는 깨달았다.

과거의 내가 초조해하고 있다는 것을.

마쓰다를 좋아한다는 비밀이 알려져선 안 된다. 그래서 괜히 내 말을 부정하는 것이다. 내 말은 어디까지나 추측이며 틀렸다고 고집을 부릴 작정이다.

망했다. 이야기를 잘못 꺼냈다.

"야, 야, 잠깐."

"나 참, 장난 전화였냐? 괜히 받았네."

"아, 아냐. 좀 기다려봐."

"대체 누구야? 혹시 히데냐? 배터리가 다 돼서 이만 끊는다."

"안 돼. 끊지 마!"

그냥 내버려두면 내일 네 부모님이 돌아가신다고!

그렇게 말하기도 전에 삐— 하고 무자비한 소리가 들렸다.

"야! 야, 인마!"

수화기에 대고 외쳤다. 그러나 아무리 외쳐도 반응이 없었다.

나는 체념하고 수화기를 내려놓았다.

공중전화가 날카로운 전자음과 함께 전화카드를 뱉어냈다.

당신이 자신에게 전화를 걸 수 있는 횟수는
앞으로 3번 남았습니다.

고작 1분 만에, 고작 한 통화 만에 이토록 절망해 보기는 처음이었다.

나는 주먹으로 가볍게 전화기를 내리쳤다. 둔탁한 소리가 부스 안에 울렸다.

"젠장…."

비밀을 들춰내기만 하면 나를 믿고 귀 기울여 줄 줄 알았는데.

현실은 냉혹했다.

사춘기 시절의 나와 성인이 된 나는 감성도, 사고방식도 다르다. 그것도 알아차리지 못하다니.

어쩌지?

전화카드를 노려봤다.

다시 한번 고등학생 시절의 나에게 전화를 걸까? 그럼 어느 시점의 나에게? 사고 한 달 전? 아니면 반년 전? 지금의 나는 그때의 나를 설득할 수 있을까?

아까 그 1분은 그야말로 대실패였다. 전혀 말이 통하지 않았다. 이제 더는 실패해선 안 된다. 적어도 전화를 끊지 못하도록 해야 한다.

그러려면 어떻게 해야 하지?

"열일곱 살 때보단 좀 더 순수하면서 판단력도 있는 나이…."

나는 수화기를 들고 전화카드를 넣었다.

그리고 번호를 눌렀다.

1999-05-05-19-00.

중학교 1학년, 열세 살 생일.

그 시절의 나는 아직 사람을 의심하지 않았다. 노스트라다무스의 대예언을 믿고 전율하던 때였다.

제발 부탁이다. 나를 위대한 예언자라고 믿어다오.

끝까지 내 이야기를 귀담아들어 줘.

그러나.

"장난 전화지? 요즘 이런 전화가 시도 때도 없이 걸려 오네."

중학생인 내가 내린 결론은 고등학생인 내가 내린 결론과 거의 같았다.

"얘, 얘기 좀 들어봐. 그냥 가만있다간 네 부모님이…."

"아, 예. 죽느니 뭐니 하는 소리 하려는 거지?"

"하하하" 하고 메마른 웃음이 넘어왔다.

중학생인 나는 전혀 귀 기울이려 하지 않았다. 의아해하던 나는 짐작 가는 게 하나 떠올랐다.

당시 학교에서는 장난 전화가 유행이었다.

노스트라다무스의 대예언이 인기를 끌던 때였다. 장난 전화는 하나같이 미래를 예언했다. 더욱이 누군가 죽는다느니, 사고를 당한다느니 하며 불안을 부추기는 말을 했다.

결국 또 망했다. 때는 이미 늦었다.

"이런 전화 그만해. 재수 없으니까."

어설픈 사기꾼을 타이르듯 상대를 얕잡아 보는 말투였다.

빌어먹을 꼬맹이, 라고 생각했지만 입 밖으로 내뱉진 않았다. 꼭 전해야만 하는 말은 그게 아니니까.

"아니래도. 진짜야, 진짜라고!"

"너무 필사적이라서 무섭네. 혹시 액땜 부적이라도 팔려고?"

"아니라고! 진짜 네 부모님은 2003년 8월⋯."

게이스케, 밥 먹으렴!

전화기 너머 멀리서 나를 부르는 목소리가 들렸다.

열세 살의 내가 "지금 가요!" 하고 대답했다. 뒤이어 이쪽에까지 콧김이 닿을 듯 세차게 코웃음 치는 소리가 들렸다.

"그럼 열심히 해봐, 노스트라다무스."

"잠깐, 끊지 마!"

…삐–.

심장이 멎는 듯한 소리가 고막을 뒤흔들었다.

뒤이어 뚜– 뚜– 하고 힘 빠지는 소리가 들렸다. 나는 초점이 흐릿해진 눈으로 초록색 전화기를 쳐다봤다.

실패하지 않으려고 고민에 고민을 거듭한 결과가 고작 이건가?

몇 분 전까지 진지하게 고뇌했던 나를 비웃어 주고 싶은 심정이었다.

아무리 그래도 너무하다. 믿음을 심어주기는커녕 '부모님이 돌아가시지 않도록 주의하라'라는 용건도 전하지 못했다.

더 이상 뭘 어쩌란 말이야!

나는 공중전화가 내뱉은 카드를 뽑았다.

당신이 자신에게 전화를 걸 수 있는 횟수는
앞으로 2번 남았습니다.

"두 번….”

여자에게 전화카드를 받았을 때는 다섯 번 남아 있었다.

지금은 고작 두 번. 지금까지의 통화는 아무런 성과도 없었다. 3분의 시간만 허비했을 뿐이다.

나는 망연자실한 채 전화 부스 안에 서 있었다.

"다음은 언제의 내게 걸어야 할까….”

전화카드를 향해 중얼거렸다. 고등학생 때의 나에게도, 중학생 때의 나에게도 말이 통하지 않았다.

그렇다면 언제 적 나에게 거는 게 좋을까? 부모님이 사고를 당하기 전이면서 '미래의 나'를 믿고 행동에 나서 줄 만한 나이. 초등학교 저학년?

…아니, 안 돼.

설령 어린 게이스케가 지금의 내 말을 믿는다 해도 부모님이 믿지 않을 것이다.

일곱 살짜리가 부모에게 '엄마 아빠가 사고를 당할 거야'라는 말을 한다면 무슨 잠꼬대냐며 무시나 하겠지.

즉 부모님을 설득할 수 있는 나이의 게이스케가 아니라면 의미가 없다.

"대체 어떻게 해야….”

고민해 봤지만, 답은 나오지 않을 것 같았다.

아니, 초조해하지 마. 오늘 안에 꼭 정해야 할 필요는 없어. 전화카드만 잃어버리지 않는다면 언제라도 과거를 바꿀 수 있잖아.

일단 진정하자. 시간을 두고 차분히 생각해 보자.

나는 전화 부스 문을 밀…었다가 다시 당겼다.

"1년 뒤의…."

생각이 번뜩였다.

"미래의 내게 전화하면 되지 않을까…."

바로 그거야. 왜 진작 생각하지 못했을까?

당신이 자신에게 전화를 걸 수 있는 횟수는
앞으로 2번 남았습니다.

미래의 나는 이 전화카드의 존재를 알고 있다.

'과거의 나'라며 전화를 걸더라도 장난 전화라 여기지 않을 것이다. 오히려 지금 내가 어떻게 행동해야 하는지 조언해 주겠지.

내가 부모님을 구할 수 있다면 그 방법을 알려줄 테고, 아니라면 '미래'에 대해 귀띔해 줄 것이다.

대박이 날 마권이라든가, 혹은 주식이라든가.

과거의 나에게서 전화가 오리란 걸 예측했을 테니

편하게 돈을 벌 수 있는 정보쯤은 미리 알아봐 뒀겠지.

예컨대 1년 뒤의 나라면.

나는 수화기를 들었다. 카드가 공중전화에 빨려 들어갔다.

1년 뒤의 오늘 날짜, 퇴근했을 만한 시간을 짐작해 번호를 눌렀다.

2019-12-24-20-00.

이 전화카드의 효과적인 쓰임새는 바로 이런 게 아닐까? 미래의 정보를 미리 듣고 현재를 바꾼다! 얼마나 유용한가.

이토록 기특한 물건을 내게 넘겨준 여자가 문득 떠올랐다. 핏기 없는 얼굴, 부들부들 떨던 몸.

그리고 그 말.

…전화를 걸었는데 연결이 되지 않았다면 그건 무슨 의미일까요?

"…아."

눈이 번쩍 뜨였다. 수화기에선 뚜-뚜-뚜- 소리가 이어지고 있었다.

만약에 미래의 나에게 전화를 걸었는데….

연결이 되지 않는다면 그건 무슨 의미일까?

나는 침을 삼켰다.

전화카드를 준 그 여자가 그랬던 거 아닐까?

미래의 자신과 연결이 되지 않았다…?

그 이유가, 뭘까?

전화를 받을 상황이 아니었다. 휴대폰을 갖고 있지 않았다. 혹은.

…혹은?

뚜-뚜-뚜-소리를 들으며 나는 그냥 전화를 끊을까 생각했다.

1년 뒤의 나와 전화 연결이 되지 않는다면 어쩌지? '1년 뒤'는 그만둬야 하나? 일단 전화를 끊고 반년 뒤의 나에게 걸어볼까?

…반년 뒤의 나와 통화할 수 있다는 보장은 있나? 없다. 그렇다면 일주일 뒤? 내일의 나와는 확실하게 통화할 수 있을까?

…아니.

부모님이 느닷없이 이 세상에서 사라진 것처럼.

나 역시 한 시간 뒤에는 이 세상 사람이 아닐 수도 있다.

"…윽."

수화기에서 살짝 귀를 뗀 순간 삐-하는 소리가 귀를 찔렀다.

"아…."

지금 거신 번호는 없는 번호입니다.

죽음을 전하는 메시지가 머릿속을 스쳤다. 그 생각을 지워버리듯….

"안녕? 기다렸어."

1년 뒤의 내가 부드러운 목소리로 말했다.

※　※　※

2018년 12월 31일.

한 해의 마지막과 시작이 동시에 다가오고 있었다.

미래의 나와 대화를 나눈 그날부터 일주일 내내 숙고했다.

마지막 한 번 남은 기회로 언제 적의 나에게 전화를 걸 것인가? 무슨 이야기를 할 것인가? 꼭 해야 할 말은 무엇인가?

결론은, 나왔다.

전화 부스의 차가운 문을 당겨 안으로 들어갔다. 지갑에서 천천히 전화카드를 꺼냈다.

당신이 자신에게 전화를 걸 수 있는 횟수는
앞으로 1번 남았습니다.

이번이 마지막.

심호흡을 세 번 하고 메모지를 한 장 꺼냈다. 지금 걸고자 하는 전화번호, 그러니까 내가 원하는 시점이 적혀 있는 종이.

1993-05-05-18-00.

일곱 살 적의 나에게. 이것이 내가 내린 결론이었다.

＊　＊　＊

안녕? 기다렸어.

시간이 없으니 짧게 말할게. 지금부터 내가 하는 말 잘 새겨들어. 곰곰이 생각하고 행동하도록 해.

지금 넌 후회하고 있을 거야. 과거의 자신에게 걸었던 전화가 모조리 실패로 끝났다고 여기고 있겠지.

하지만 그렇지 않아. 그 모든 통화에는 의미가 있어.

떠올려 봐.

지금까지 몇 번 통화하면서 넌 무슨 말을 들었지? 수화기 너머에서 무슨 일이 있었지?

과거의 자신에게 걸었던 전화. 그 전화는 '무엇'에 연결됐지?

네가 이야기하고 싶은 사람, 목소리를 듣고 싶은 사

람은 과거의 너 자신뿐일까?

차분히 생각해 봐.

미래의 내가 해줄 말은 이것뿐이야. 네가 부자가 될
수 있는 방법을 알고 있지만 알려줄 도리가 없어. 이 말
이 마지막 힌트야. 알겠지?

❊　❊　❊

미래의 내가 해준 이야기를 바탕으로 생각해 봤다.

과거의 나에게 전화했을 때 무엇에 연결됐지?

첫 번째, 경마장에 가려는 나에게 걸었을 때는 현재
쓰고 있는 스마트폰과 연결됐다.

두 번째, 고등학교 2학년 때의 나에게 걸었을 때는
그 당시 쓰고 있던 휴대폰과 연결됐다.

세 번째, 중학교 1학년 때의 나는 휴대폰이 없었다.
그래서 무엇에 연결됐느냐면….

집 유선전화!

이 전화카드로 전화했을 때 꼭 내 휴대폰과 연결되
는 것은 아니다. 해당 시점의 내가 손쉽게 받을 수 있는
전화와 연결되는 것이다.

그러니까 일곱 살 적의 나에게 전화한다면 틀림없이

집 유선전화와 연결되겠지.

"…좋았어!"

나는 전화카드를 투입구에 밀어 넣었다. 지금까지는 확신에 가까웠다.

1993-05-05-18-00.

번호를 누르고 어렸을 적의 내가 받기를 기다렸다.

발신음이 다섯 번 이어진 후에 여섯 번째에서 뚝 끊겼다.

"예, 여보세요? 저는 가지입니다."

일곱 살의 내가 전화를 받았다.

나는 세차게 뛰는 가슴을 다독이고 최대한 정중한 말투로 입을 열었다.

"여보세요? …어른 계시면 좀 바꿔줄래요?"

이제 여기부터가 도박이다.

당신이 자신에게 전화를 걸 수 있는 횟수는
앞으로 1번 남았습니다.

이 문장을 여러 번 눈에 담고 나서 깨달았다.

꼭 자신하고만 이야기할 수 있다고는 적혀 있지 않다.

그렇다면 집 유선전화와 연결됐을 때 다른 가족을

바꿔달라고 해서 통화할 수 있지 않을까?

저녁 6시 무렵이니 어머니가 부엌에서 저녁 준비를 하고 있을 가능성이 대단히 높다.

더욱이 일곱 살의 나는 어른을 바꿔달라는 말에 틀림없이 엄마를 부르겠지.

제발. 엄마를 바꿔줘… 제발.

"아, 예. 잠깐만 기다리세요."

삐— 하고 작은 소리가 났다. 그 순간 전화가 끊긴 줄 알고 비명을 지를 뻔했다. 그런데 삐— 소리가 이어지다가 이내 싸구려 전자음으로 〈엘리제를 위하여〉 멜로디가 흐르기 시작했다. 그러고 보니 집 전화를 받고 보류 버튼을 누르면 언제나 이 멜로디가 흘렀지.

명곡에 귀 기울일 여유도 없이 나는 애타게 빌었다.

시간이 없다. 빨리 바꿔다오. 빨리 받아다오. 제발….

"…예, 전화 바꿨습니다."

귓가에 그리운 목소리가 들렸다.

"…아."

고개를 들었다. 엄마, 라는 말을 꾹 삼켰다.

하고 싶은 말이 산더미였다.

하지만 '해서는 안 되는 말'도 산더미였다.

"저기…."

진정해. 초조해하지 마. 그래도 서둘러야 해. 시간이
없어.

"가지 씨….'

일주일 동안 거듭 고민한 끝에 택한 말은.

"당신과 당신의 남편이 좋아하는 음식이… 뭡니까?"

헛웃음이 날 만큼 사소한 질문이었다.

*네가 부자가 될 수 있는 방법을 알고 있지만 알려줄
도리가 없어.*

1년 뒤의 나는 그렇게 말했다. 이 말이 마지막 힌트
라고도 했다.

'알려줄 수' 없는 게 아니라 '알려줄 도리'가 없다.

이유가 뭘까?

…미래의 삶을 크게 바꿔놓을 사건은 알려줄 수 없
기 때문이 아닐까?

과거의 나와 통화했을 때도 그랬다. 미래에 부모님
이 돌아가신다는 사실을 내가 애타게 알려주려고 하면
할수록 전화는 도망치듯 끊겨버렸다. 이 전화카드의 사
용 규칙이 그런 것이다.

전화카드로 과거와 미래를 바꿔놓을 순 없다.

서민이 갑자기 벼락부자가 되는 방법, 과거에 죽은 사람을 되살릴 수 있는 정보 등은 알려줄 수 없다.

세상을 떠난 부모님을 되살릴 방법도 역시.

그렇다면 만약 어머니와 단 몇 초라도 이야기할 기회가 생긴다면 나는 무슨 말을 해야 할까? 무엇을 물어보면 좋을까?

문득 내가 늘 사 오는 캔맥주와 후부키만주가 떠올랐다.

술을 좋아했으니까, 단것을 좋아했으니까.

그런 단순한 이유로 나는 기일에 부모님께 올릴 음식을 사왔다.

만약 두 분이 생전에 정말 좋아했던 음식이 뭔지 들을 수 있다면.

"으음…."

곤혹스러워하는 어머니의 목소리가 들렸다. 당연히 그렇겠지. '생판 남'에게 좋아하는 음식이 무엇인지 느닷없는 질문을 받았으니.

"실례지만, 혹시 음식 홍보 전화인가요? 우리 집은…."

"아닙니다…."

나는 어머니의 말을 잘랐다. 그 목소리마저 떨렸다.

"…그런 게 아니고요."

내 말에 어머니는 침묵했다.

장난 전화나 홍보 전화로 오해해도 어쩔 수 없다. 시간도 없는데 괜히 변명을 늘어놓다가 전화가 끊길 수도 있으니까.

작전 실패인가?

이를 악물었다. 그때 어머니가 입을 열었다.

"…남편은 튀김을 곁들여서 매실주를 마시는 걸 좋아하죠."

"매실주?"

무심코 되물었다. 어머니가 "예" 하고 대답했다.

"자기 손으로 담그는 게 재밌대요. 매실주는 정성껏 담가뒀다가 좋은 날 꺼내서 마시는 술이라면서."

"매실주…."

아무것도 떠오르는 게 없었다. 할 말을 잃고 말았다. 어머니가 "전…" 하고 말을 이었다.

"단 걸 좋아해요. 특히 슈크림."

"…."

"남편이 선물로 곧잘 사 오거든요. 역 상점에서 파는 네 개짜리 슈크림. 아들하고 둘이서 자주 먹지요."

어머니가 행복해하는 목소리로 말했다.

"미…."

하고 싶은 말이 산더미였다.

그런 것도 기억하지 못해서 미안해요. 무심한 아들이라서 미안해요. 효도하지 못해서 미안해요.

2003년 8월 15일엔 절대로 외출하지 마세요.

하고 싶은 말이 산더미였다.

하지만 마지막으로.

"고⋯."

마지막까지 하지 못했던 말을 지금 전할 수 있다면.

"⋯고마웠, 습니다."

삐― 하는 소리가 이제 모든 게 끝났음을 알렸다.

내가 끊은 것도, 어머니가 끊은 것도 아니었다. 애초부터 정해져 있던 1분의 시간이 다한 것뿐이었다.

조용히 수화기를 내려놓았다. 투입구에서 밀려 나온 전화카드를 뽑아 들었다.

당신이 자신에게 전화를 걸 수 있는 횟수는
앞으로 0번 남았습니다.

문장을 읽자마자 전화카드 오른쪽 윗부분이 모래처럼 바스러지며 바닥으로 스르르 떨어져 내렸다.

오른쪽 윗부분, 중앙, 왼쪽 아랫부분.

각 부분이 소리 없이 모래로 변하더니 이윽고 흔적도 없이 사라졌다.

"…으."

나는 무너지듯 바닥에 무릎을 꿇었다. 그리고 공중전화에 매달려 소리 내어 울었다.

"고맙습니다"라는 한마디로 이토록 마음이 달라질 줄 알았다면 두 분이 살아 계셨을 때 더 많이 고맙다고 말할 걸 그랬다. 단 1분이라도 더 길게 말할 걸 그랬다.

그나마 오늘은 단 한 번이라도 고맙다고 말할 수 있었다.

만족스럽지는 않지만, 응어리가 풀린 듯 마음이 편안해졌다.

당신이 자신에게 전화를 걸 수 있는 횟수는
앞으로 5번 남았습니다.

처음에는 '고작' 다섯 번이라고 생각했다. 이딴 카드는 쓰레기통에 넣어버리자고 생각했다.

하지만 아니었다.

고작 1분이. 혹은 단 한마디가.

나에게는 확실히 필요한 것이었다.

전화 부스에서 나오자 차가운 공기가 뺨을 때렸다.

"춥다."

혼잣말을 하고 목을 움츠렸다. 어느새 해가 지고 있었다. 하늘 끝자락에 주황빛이 살짝 남아 있었다. 숨을 내뱉으니 배가 꼬르륵 하고 울었다.

해넘이 메밀국수나 차려 먹어야지.

이 와중에 해넘이 메밀국수가 먹고 싶다니. 나는 쓴웃음을 지으며 메밀국수, 튀김 새우, 어묵 등 필요한 식재료를 떠올려봤다.

파, 시치미*, 그리고.

"매실주, 닭튀김, 슈크림."

울다가 눈이 부어서 꼴이 말이 아니긴 하겠지만…. 그래도 나는 입꼬리를 끌어올리고 단골 슈퍼를 향해 발걸음을 옮겼다.

* 고춧가루 등 일곱 가지 향신료가 섞인 일본 조미료.

당신이 수업에

나갈 수 있는 횟수는

앞으로 1만 6243번 남았습니다

망했다. 망해도 아주 폭삭 망했다.

"이번 시험은 평균 점수가 올라가겠네."

왠지 비아냥 같은 소리가 들리는 교실에서 나는 망했다는 말만 되풀이하고 있었다. 손이 떨리면서 들고 있던 종이도 바스락거렸다.

망했어. 이건 말도 안 돼. 아무리 그래도 이건 아니야.

"가쓰라기, 시끄러워. 네 마음의 소리가 전부 들린다고!"

앞자리에 앉은 안경잡이 여자애가 나를 차갑게 쏘아보며 말했다.

이 애는 늘 그렇다. 저 눈을 뭐라고 해야 할까? 새침?

부끄럼? 아니, 이 애가 부끄럼을 타본 적이 있었던가?

"내 앞에 앉아 있는 까만 보브컷 단발 여고생 다키, 다시 말해 다키자와 미후유가 툰드라 블리자드* 같은 눈빛을 쏘았다."

"엉터리 문법으로 상황 설명하지 마."

다키의 눈빛이 더욱 험악해지며 미간에 깊은 주름이 졌다.

저놈의 표정 좀 풀면 좋을 텐데. 말투도 좀 상냥하게 바꾸면 얼마나 좋아. 그러면 남자애들한테 인기깨나 얻을 텐데. 참 안타깝단 말이지.

"네 마음의 소리가 다 새어 나오고 있다니까! 방금 그건 쓸데없는 참견이네요."

다키가 이맛살을 더 찌푸리며 이쪽으로 몸을 틀었다. 그 순간 다키의 책상에서 종이 한 장이 떨어져 내 발치로 스르르 내려앉았다. 나는 얼른 그 종이를 주워 들었다.

헉!

"우아, 96점! 이거 실화야? 다키, 너 일부러 그랬지? 96점짜리 시험지가 내 발 쪽으로 떨어지도록 계산해서 날린 거지? 무서워라, 이과 애들은 계산이 너무 치밀하

* 심한 추위와 강한 눈보라를 동반하는 강풍.

단 말이야."

"왜 남의 점수를 그렇게 큰 소리로 말하는 거야!"

다키는 불쾌한 표정을 지으며 내 손에서 시험지를 빼앗아 갔다.

…엥?

"아, 그거! 내 거!"

"뭐?"

정말 실수였던 모양이다. 내 시험지를 본 다키는 입을 벌린 채로 굳어버렸다. 불쾌한 표정이 서서히 사라져갔다.

"가쓰라기…."

"말하지 마. 할 말 없다는 듯한 그 얼굴과 말투 집어치워."

다키가 들고 있는 시험지에 매겨진 점수는 내가 가장 잘 안다.

12점.

"뭘 틀렸는지가 아니라 뭘 맞힌 건지가 궁금해지는 점수네. 대체 이 12점은 어디서 나온 거야?"

내 시험지를 물끄러미 쳐다보며 다키가 물었다.

뭘 맞힌 건지는 나도 잘 몰라.

"내 생각에 말인데, 국어는 정답이 없지 않나? 왜냐

하면 국어는 얼렁뚱땅이잖아. 정답이 없는 얼렁뚱땅."

내 말을 듣더니 다키가 잠시 후 물었다.

"…모호하다는 말을 하고 싶은 거니?"

"맞아, 그거."

그러자 다키는 한숨을 크게 내쉬며 12점짜리 시험지를 내려놓고 두 눈을 가늘게 떴다.

"뭐, 평소처럼 보충수업이나 열심히 듣지 그래요? 가쓰라기 게이 씨."

"아, 짜증 나. 그 존댓말로 비아냥대는 말투 너무 짜증 나."

"짜증 나도 어쩔 수 없지. 너 또 벼락치기 했지?"

96점짜리 시험지를 들고 다키가 후후후 웃었다.

뭔 소리야? 원래 시험공부는 전날 밤에 벼락치기 하는 거 아냐? 전교 일 등은 안 그러나? 사흘 전부터 공부하나?

내가 궁금해서 묻자 다키는 기가 막힌다는 듯 어깨를 들먹였다.

"난 2주 전부터 조금씩 준비하다가 일주일 전부턴 본격적으로 공부하거든."

"엥? 그럼 다 합쳐서 3주씩이나 시험공부를 한다고? 수험생도 아닌데 왜?"

"너 진짜 국어는 젬병이구나. 대체 그걸 왜 더하는 거야…."

다키가 어이없어하며 말했다. 그렇다고 날 정말 무시하는 건 아니었다. 유치원 시절부터 사귄 소꿉친구라 내 바보 같은 언동에도 어지간히 익숙해진 모양이었다.

중학교 때부터 성적이 뒤처졌던 내가 다키와 같은 공립 고등학교에 진학한 것은 거의 기적이었다. 합격자 발표일에 부모님과 담임이 엄청나게 놀라워했다.

그러나 기적은 오래가지 않았다. 고등학생이 되어 다키는 전교 일 등을 거머쥐었지만, 나는 허구한 날 보충 수업이나 듣는 신세가 됐다. 최고로 유력한 유급 후보자였다.

아무래도 내가 주제에 맞지 않은 고등학교를 택한 모양이다.

그래서 지금 무지무지하게 망했다.

"…저기 말이야, 다키."

내가 조심스럽게 말을 꺼내자 다키는 내 변화를 알아차렸는지 잠자코 내게 고개를 돌렸다.

그래. 지금부터 할 이야기는 대단히 심각한 문제다.

주변에 들리지 않도록 나는 살며시 귓속말을 했다.

"우리 말이야. 지금 몇 학년이야?"

"뭐?"

다키가 툰드라 블리자드 같은 목소리를 냈다. 그러나 나는 진지했다.

"대답이나 해줘. 우리 지금 몇 학년이야?"

다키는 뭔가 할 말이 있는 것 같은 표정을 지었다. 하지만 이내 체념하고 한숨을 내뱉었다.

"…고2."

"지금 몇 월?"

"6월."

나는 점점 핵심으로 다가갔다.

"우리 말이야. 앞으로 수업을 몇 번이나 받을 수 있을까?"

"아아앙?"

여고생답지 않은 대단히 쩌렁쩌렁한 목소리였다.

"너… 또 나 귀찮게 하려고 그러지?"

"아니, 앞으로 우리가 수업을 몇 번이나 받을 수 있느냐고. 한 교시마다 한 번 수업받는 거잖아. 1교시 국어, 2교시 수학이면 두 번의 수업을 받는 셈이지."

"아, 귀찮아 죽겠네. 그런 건 너나 헤아려봐."

다키가 낮은 목소리로 말했다.

"어떻게? 어떻게 계산해?"

"뭐? 그러니까 하루 6교시라고 치면 하루에 수업을 여섯 번 받는 거잖아. 월요일부터 금요일까지 등교하니까 일주일에 5일…. 즉 일주일에 서른 번 수업받는 셈이지. 그런 식으로 한 달 치를 계산해 12를 곱한 뒤 여름방학이나 쉬는 날을 빼면…."

다키가 더듬더듬 말하며 내 책상 위에서 계산식을 적기 시작했다. 역시 국어도 잘하는 이과 여학생. 샤프가 잠시도 멈추지 않는다. 어떻게 이렇게 곱셈 뺄셈을 잘할까? 막힘없이 술술술. 얘 사람 맞아? 전자계산기의 화신 아냐?

"그 밖에 학교 축제나 운동회, 또 시험 기간도 고려해야 하고…."

아니, 계산 방법은 아무래도 좋다. 내가 알고 싶은 건 계산식이 아니다. 나는 고개를 뻗어서 다키가 산출해 낸 결과를 엿보며 물었다.

"그래서 졸업식 때까지 수업받을 수 있는 횟수는? 혹시 1만 6213번 아냐?"

"뭐어? 1만 6213번이라니? 대체 어떻게 계산하면 그런 숫자가 나오는데?"

다키가 평소답지 않게 과장된 반응을 했다.

"결과가 딱 1만 6213번 나오지 않으면 이상하다고!

앞으로 수업을 1만 6213번 받지 않으면 난 진짜 무리, 안 돼, 인생 종 치는 거니까 진짜 안 돼!"

"뭔 소리야! 그리고 네 어휘력 좀 어떻게 해봐!"

다키가 쥐고 있던 샤프를 내려놓고 자기 책상으로 몸을 돌리려 했다.

이봐요, 이봐! 내 이야기도, 쉬는 시간도 아직 안 끝났잖아!

나는 다키의 어깨를 붙잡았다. 다키가 날카로운 눈빛으로 나를 째려봤다.

"…뭐야."

"차분히 얘기 좀 하자, 다키. 우리 친하게 지내. 학교 끝나고 셰이크 사줄게. 응? 딸기 셰이크 말이야. 너 그거 좋아하잖아. 후훗, 다 알고 있어."

"…어쩐지 짜증이 나는데."

그러면서도 다키는 내 쪽으로 다시 몸을 돌렸다.

으음. 어렸을 적부터 약점이었던 딸기 셰이크가 아직도 통할 줄이야.

"그래서 수업을 받을 수 있는 횟수라는 게 뭐야?"

다키가 한숨을 내쉬며 묻자, 나는 자세를 똑바로 하고 대답했다.

"지금은 고등학교 2학년 6월. 앞으로 매일 수업을 빠

짐없이 듣는다 해도 1만 6213번을 채우긴 불가능하다는 겁니까, 다키자와 미후유 씨?"

"어."

"보충수업 횟수도 확실히 넣었습니까? 보충수업도 전부 포함해 계산해 주세요. 내가 낙제점과 보충수업의 여왕이라는 건 당신도 알고 있죠?"

"알고 있긴 하지만, 그래도 1만 번 채우기도 어렵지."

"수업 횟수를 어떻게든 1만 6213번으로 늘릴 방법이 없을까?"

"뭐어?"

다키가 또다시 째지는 목소리로 대꾸했다.

그럼 못써, 다키. 좀 더 예쁜 목소리를 내야지.

어험, 헛기침하고 나는 말을 이었다.

"난 말이죠. 유급하지 않고 3학년도 되고 졸업도 하고 싶걸랑요. 다키자와 씨랑 같은 졸업 앨범에 실리고 싶다고요."

"그건 우리 반 애들 모두가 같은 생각일걸?"

"그리고 말이죠, 고등학교에서 수업을 1만 6213번 받은 뒤에 졸업하고 싶거든요."

"불가능."

"어머머!"

나는 벌떡 일어섰다. 의자가 우당탕 쓰러졌다. 다키가 난감해하며 주위를 둘러봤다.

"…야, 애들이 다 쳐다보잖아."

"그걸 신경 쓸 때가 아냐! 졸업 때까지 수업 횟수를 1만 6213번 메우지 못하면 나 진짜 망한다고!"

내가 소리치자 주변의 시선이 더욱 우리 쪽으로 쏠렸다.

"가쓰라기, 횟수는 '메우는' 게 아니라 '채우는' 것 같은데?"

다키의 말도, 아이들의 시선도 신경 쓸 기분이 아니었다.

"망했다…."

12점짜리 시험지를 처음 봤을 때처럼 초조할 뿐이었다.

…망했다. 진짜 망했다.

내 시야에만 보이는 문장을 다시금 읽어봤다.

당신이 수업에 나갈 수 있는 횟수는
앞으로 1만 6213번 남았습니다.

초등학교 때부터 이 숫자가 눈에 보였지만 별로 신

경 쓰지 않았다.

뭔가 이상하다는 느낌이 든 것은 고등학생이 되고 나서였다. 그리고 오늘 '이상하다'라는 느낌은 '망했다'로 바뀌었다.

다키 왈, 평범하게 졸업하는 사람은 고등학교 때 수업을 1만 번이나 듣지 않는다.

그렇다면 내가 수업에 나가는 횟수가 '1만 6213번' 남은 이유는 딱 하나뿐이다.

오늘 국어 시험 12점을 기록한 나는 그 '이유'에 더욱 가까워졌다.

"망했어…."

교실의 중심에서 나는 외쳤다.

"난 이제 반 애들이랑 함께 졸업하지 못해!"

❊ ❊ ❊

사주겠다고 약속한 쪽은 나인데 오히려 얻어먹고 말았다.

"왜 그렇게 침울한 건지는 모르겠지만…."

다키가 못마땅한 얼굴로 딸기 셰이크를 먹으며 말했다. 그러나 다키는 결코 못마땅한 게 아니다. 저 얼굴이 다키의 평소 표정이다.

그 증거로 다키는 내게 스몰이 아니라 미디엄 사이즈 셰이크를 사줬다. 겉으로 드러내지는 않지만 다키는 넘치도록 상냥했다.

"가쓰라기, 일단 먹지 그래? 녹기 전에."

"어떻게 먹어… 유급 확정이라니 진짜 웃겨 죽겠어."

"하나도 안 웃기거든. 그나저나 유급이 확정됐는지 네가 어떻게 알아? 아직 6월이라고."

"…후훗."

그렇지. 낙제점 받았다고 꼭 유급하는 건 아니니까.

당신이 수업에 나갈 수 있는 횟수는
앞으로 1만 6213번 남았습니다.

…이 횟수가 좀 더 적었다면 말이야.

"잠깐! 하아, 왜 울어?"

"안 울어… 딸기 셰이크에 감동했을 뿐…."

"너 아직 한 모금도 안 마셨거든."

다키는 나와 거리를 벌리려는 듯 의자 등받이에 몸을 기댔다.

감자튀김 냄새가 충만한 햄버거 가게에서 친구를 앞

에 두고 울고 있는 여고생.

지금 주변 사람들은 나를 틀림없이 '남친에게 차인 뒤 친구의 위로를 받는 여학생'이라고 여기겠지. "남친한테 더 잘해줄 걸 그랬어", "다시 잘해보고 싶어" 하며 친구에게 푸념하고 있다고.

하지만 실제로 나는 더 무시무시한 얘기를 하고 있었다.

"감기에 걸렸더라도 학교에 갈 걸 그랬어. 소풍이나 운동회, 축제 때마다 수업 없다면서 좋아했던 내가 원망스러워… 초등학교 1학년으로 돌아갈 수 있다면 매일 보충수업 받을 텐데. 그럼 1만 6213번씩이나 남지 않았을 텐데…."

"근데 아까부터 대체 무슨 소리를 하는 거야?"

다키는 수상쩍은 홈쇼핑 채널을 보는 듯한 눈으로 나를 봤다.

친구랑 함께 졸업하지 못할지도 모르는데 너무 쌀쌀맞은 거 아냐, 다키?

나는 눈물 콧물로 범벅이 된 얼굴로 다키를 쳐다봤다.

"그러니까! 앞으로 수업을 1만 6213번 받지 않으면 난 졸업을 못 한다고!"

"그게 뭐야? 누가 정한 건데?"

"하느님 부처님 미래인…? 아니면 예언자!"

"…."

"잘 모르겠지만, 아마 그 숫자는 운명일 거야! 앞으로 수업을 1만 6213번 받아야만 하는 운명이라고나 할까? 틀림없이 저주에 걸린 거야!"

"이상하네. 분명 같은 언어를 쓰고 있는데 네가 무슨 말을 하는 건지 하나도 모르겠어."

다키가 후루룩 소리를 내며 셰이크를 다 마셔버렸다. 친구가 이렇게 심각한 이야기를 하고 있는데, 잔인하기도 하지!

다키는 셰이크 컵을 쟁반에 놓고 무표정한 얼굴로 팔짱을 꼈다. 언뜻 보기에는 고압적인 태도 같지만, 실은 진지하게 귀 기울일 때면 꼭 저런 자세를 했다.

'참 괜찮은 애구나'라는 생각이 절실히 드는 순간이었다. 이러쿵저러쿵 불평하긴 해도 언제나 내 얘기를 들어주니까.

한동안 허공을 바라보던 다키가 문득 뭔가 떠오른 듯 입을 열었다.

"진짜로 뭐가 뭔지 잘 모르겠는데 말이야. 앞으로 1만 6000번쯤 수업을 받아야 어쨌든 네가 납득할 수 있다는 거지?"

"납득이라기보다 수업을 받아야만 한다고. 정확히는 1만 6213번."

"그럼 너, 대학입시 치르면 되잖아."

"하아."

나는 고개를 갸웃거렸다.

다키는 팔짱을 낀 채 의자를 앞뒤로 삐걱삐걱 흔들었다.

"너 예전에 분명 대학엔 가고 싶지 않다고 했지?"

"응. 난 공부가 싫어."

"근데 말이야. 고등학교 때 1만 6000번 수업받는 건 불가능해. 그러니까 대학 강의도 포함하면 되잖아."

"…응?"

"그러니까 대학에 다니면 된다고. 4년제 대학 말이야. 대학 강의도 '수업 횟수'로 친다면 꼭 고등학교에서 1만 6000번 받을 필요는 없지 않아? 잘 모르겠지만."

"…."

뭐야? 내 친구 천재 아냐?

나는 눈이 번쩍 뜨였다. 왜 지금까지 고등학교를 졸업하는 데에만 생각이 꽂혀 있었지?

"다키, 대단해! 넌 진짜 천재야!"

"그렇게 생각하는 게 보통이잖아."

다키가 가엾어하는 눈으로 나를 쳐다봤다.

그래, 대학에 가면 되는구나!

활기를 되찾은 나는 딸기 셰이크를 단숨에 비웠다. 빨대에서 입을 뗀 뒤 빈 컵을 쟁반에다 힘차게 내려놓았다. 그리고 탁자를 뒤엎을 기세로 몸을 쑥 내밀었다.

"저기, 그럼 가능한 거지? 내가 대학에 진학한다면 다른 애들이랑 함께 고등학교 졸업할 수 있는 거지?"

다키는 나에게서 거리를 벌리듯 몸을 뒤로 젖히며 대답했다.

"함께 졸업할 수 있을지 없을지는 네가 하기에 달려 있지만…."

"근데 말이야. 4년제 대학에 가면 1만 번쯤은 수업을 받을 수 있겠지? 4년씩이나 학교를 다니니까 1만 번은 거뜬하지 않아? 그렇지?"

"…."

"그럼 반비례하는 거지!"

"가쓰라기 너, 반비례가 무슨 뜻인지 모르지?"

다키는 오늘 몇 번째인지 모를 한숨을 내쉬었다.

나는 분명 바보다. 늘 학년 꼴찌다. 그래도.

"정했어!"

당신이 수업에 나갈 수 있는 횟수는
앞으로 1만 6213번 남았습니다.

이 숫자를 0으로 만들기 위해서.

다키와 함께 고등학교를 졸업하기 위해서.

햄버거 가게의 중심에서 나는 외쳤다.

"앞으로 왕창 공부해서 대학에 갈 거야!"

*　*　*

당신이 수업에 나갈 수 있는 횟수는
앞으로 1만 5942번 남았습니다.

"…학원 수업은 '수업 횟수'로 안 치나?"

냉방이 되는 자습실에서 멍하니 다키를 바라보며 말

했다.

"또 이상한 소리 하네."

다키는 샤프로 쓱쓱 뭔가를 적고 있었다.

넌 자습을 싫어하니까 학원에 다니는 게 낫지 않아?

대학에 가겠다고 선언하던 날 다키가 한 말이었다.

나는 그길로 부모님한테 말씀드렸다. 유급하지 않도

록 공부에 전념하고 싶다, 그러니 다키와 같은 학원에 다니게 해달라고.

내 말을 들은 부모님은 무척 기뻐하셨다.

네가 공부하고 싶다는 말을 다 하다니! 아아, 내일은 폭우가 내리려나! 여보, 우산! 어서 우산 좀 가져와요!

아니, 난로가 필요하겠어요! 6월이지만 틀림없이 폭설이 쏟아질 거예요!

"…학원에 다니겠다는 게 그렇게 반가운 소린가?"

"혼자서 자꾸 뭘 시부렁거리는 거야?"

응용문제를 다 푼 다키가 샤프를 참고서 위에 굴리면서 한숨을 내뱉었다. 무슨 문제를 풀었는지 들여다보니, 분수인데 위아래에 x나 n 같은 문자가 쓰인 의미 불명의 식이 나열돼 있었다.

이 식은 대체 뭐야? x 위에 n이 얹혀 있는데 어떻게 읽는지도 모르겠네.

다키가 안경을 벗고 렌즈를 닦으며 나를 쳐다봤다.

"저기 말이야. 여긴 자습실이니까 너도 공부해."

"지금부터 하겠습니다!"

나는 몸에 불끈 힘을 넣고 국어 참고서를 펼쳤다. 내 참고서를 본 다키가 뭐라 형언할 수 없는… 노안이 온 할아버지가 신문을 읽을 때 짓는 듯한 표정을 지었다.

"가쓰라기, 그거… 중학교 참고서 아냐?"

"맞아! 기초부터 다시 착실히 쌓기로 했어! 아, 물론 대입 시험 때까진 고3 수준으로 끌어올릴 거야."

"흐음."

다키의 반응은 그뿐이었다.

얄팍하다. 이 얼마나 얄팍한 반응인가. 컵라면에 들어 있는 어묵만큼이나 얇다.

"다키, 어이가 없어서 그러는 거지?"

"본인이 즐겁게 공부하고 있는데 왜 어이가 없어?"

예상치 못한 말을 듣고 나는 참고서를 떨어뜨렸다.

"어… 내가 즐거워 보여?"

"즐거워 보이는데? 적어도 내 눈에는."

다키가 응용문제의 답을 확인하며 말했다. 그런가? 나는 참고서를 주웠다.

공부가 좋아졌는지 묻는다면 솔직히 잘 모르겠다. 하지만 대학입시를 의식하게 된 뒤로 매일 착실히 공부하고 있었다. 날마다 공부하고 있으니 의외로 즐기고 있는 건지도 모르겠다. 적어도 '이해가 안 되는 것'은 확실히 줄어들었다.

…그러고 보니.

"수업 중에 조는 일이 줄어든 것 같기도."

"특히 현대문학을 좋아하잖아, 너."

"아, 그렇더라."

"그렇더라? 네 얘기잖아."

다키가 또다시 한숨을 내쉬었다.

한숨의 여왕 다키. 이제부터 매일 한숨을 얼마나 쉬는지 헤아려볼까? 대학 4년 동안 1만 번은 거뜬히 넘기겠지? 내기해도 좋아.

그때 문득 한 가지 궁금한 게 떠올랐다.

다키는 진로를 결정했을까?

"다키, 1지망 대학이 어디야?"

"갑자기 뭐야? 아닌 밤중에 홍두깨처럼."

"홍두깨?"

"…이따가 사전 찾아봐."

다키는 낮은 목소리로 말하고 가방에서 클리어 파일을 꺼냈다. 파일 안에 대학교 팸플릿이 끼워져 있었다. 고풍스러운 분위기의 멋진 캠퍼스 사진. 쭉 나열된 학부 이름.

…어라? 어디선가 들어본 적 있는 대학인데. 근처에 사는 언니가 다닌다고 했던가? 그 똑똑한 언니가 다니는 대학 맞지?

"1지망이 거기구나."

"어?"

나는 팸플릿을 보다가 다키 쪽으로 시선을 돌렸다. 아니, 아니, 말도 안 돼.

"수준이 너무 높은 거 아냐? 나랑 같은 대학에 가자. 우린 유치원 시절부터 친구잖아."

"몰라. 난 내가 가고 싶은 데로 갈 거야."

다키가 주저하지 않고 단호히 말했다.

내 친구는 진짜 매몰차. 콜드야. 베리 콜드야.

"다키 바보, 비정, 냉혈, 툰드라 블리자드!"

"그러니까 그 툰드라 블리자드는 뭐야!"

"다키, 네가 없으면 누가 내 수업 횟수를 계산해 줘? 대학 4년 동안 횟수가 0이 되도록 조정해 줄 수 있는 사람은 너밖에 없잖아? 아직 1만 6000번쯤 남았는데!"

당신이 수업에 나갈 수 있는 횟수는
앞으로 1만 5942번 남았습니다.

"정확하게는 1만 5942번!"

"그러니까 그 숫자가 뭐냐고…."

다키가 수상쩍은 오컬트 방송을 보는 듯한 얼굴로 말했다. 너무해. 나는 아주아주 아주아주 진지한데.

젠장, 똑똑히 지켜보라지. 다키가 지망 학교를 바꿀 마음이 없다면 나에게도 생각이 있어.

　"정했어!"

　나는 덜컹하고 자리에서 일어나 다키를 가리켰다. 어리둥절한 표정의 다키를.

　"나, 너랑 같은 대학에 가겠어! 그리고…."

　당신이 수업에 나갈 수 있는 횟수는
　앞으로 1만 5942번 남았습니다.

　"이 숫자를 0으로 만들고 졸업해 주겠어!"

　"아, 그러든지 말든지."

　"얄팍해! 반응이 얄팍해! 한번 지켜봐. 공부의 재미를 깨달은 이상, 이 정도쯤은 여유롭다고. 아하하하!"

　"그 전에 넌 우선 고등학교 졸업할 생각이나 해."

　"윽…."

* * *

　"…그래서? 가쓰라기, 너한테 대체 무슨 일이 벌어졌던 거야?"

옆자리의 다키가 묻고는 한숨을 내뱉었다.

여전히 다키자와 미후유는 한숨이 많은 친구다. 이제부터 '한숨'이라는 단어를 '다키'라고 부르도록 할까?

"매일 필사적으로 공부하다 보니 여러모로 재미가 붙어서 말이야. 너랑 같은 대학에 가진 못했지만 나도 다른 대학 가서 나름대로 열심히 했거든. 그 결과 이렇게 같은 직장에 다니게 된 거지. 진짜 인생을 살다 보면 무슨 일이 벌어질지 알 수가 없다니까."

"…성인이 돼서도 그 말투는 여전하네."

"다른 사람 앞에선 점잖게 굴거든!"

나는 이맛살을 찌푸린 다키의 얼굴을 척 가리키며 말을 이었다.

"그쪽이야말로 그 떨떠름한 얼굴과 냉랭한 말투 좀 거두는 게 어때? 교육상 좋지 않으니까."

내 말에 다키가 입을 다물었다. 그리고 3초 뒤 표정을 바꾸고 대꾸했다.

"오홋, 저 역시 다른 사람 앞에선 예의를 차리니 안심하시길."

눈꺼풀과 입술이 경련하고 있어서 꼴사납긴 하지만, 본인 나름대로 입꼬리를 올리려고 애쓰는 모양새였다.

"오홋홋홋."

다키의 웃음소리는 그야말로 올빼미 같다.

"아냐, 다키, 너의 그 웃음은 진짜가 아냐."

"쓸데없는 참견이네요."

우리의 담소를 가로막듯 종소리가 울렸다.

점심시간이 끝났다는 신호다. 학생들이 황급히 교실로 들어가는 소리가 들렸다.

우리는 거의 동시에 일어섰다.

"그럼 나중에 봐."

내가 웃으며 손을 흔들자 다키도 나를 향해 손을 흔들어줬다. 얼굴은 다른 쪽을 향한 채.

"아, 그럼 수고하세요. …가쓰라기 선생."

다키는 수학 교과서를, 나는 현대문학 교과서를 안고 제각기 교실로 걸어갔다.

당신이 수업에 나갈 수 있는 횟수는
앞으로 1만 2598번 남았습니다.

당신에게 불행이

찾아올 횟수는

앞으로 7번 남았습니다

그날 내 앞으로 한 통의 편지가 날아들었다.

이 편지는 불행의 편지입니다.
오늘 안에 이 편지와 똑같은 편지를 일곱 사람에게 보내지 않으면
내일 당신에게 일곱 번의 불행이 찾아올 것입니다.

"우아, 정겹다. 아직도 이런 게 있네."
분홍색 하트가 점점이 박힌 예쁘장한 편지지를 보며
나는 웃었다.
20대 후반 독신 여성의 우편함에 누가 이런 편지를
넣은 거지? 근처에 사는 초등학생 짓인가?

나는 벽걸이 시계를 쳐다봤다. '오늘'이 끝나기까지 3분 남았다.

"이메일이나 메신저도 아니고 종이 편지로 보내다니 고풍스럽기도 해라."

나는 편지를 찢어서 쓰레기통에 버렸다.

✳ ✳ ✳

불행의 편지를 받은 이튿날.

자명종 알람을 끈 나는 눈에 이물감을 느꼈다. 뭔지는 몰라도 빼내보려 했지만 좀처럼 빠지지 않았다. 시커먼 뭔가가 들어간 것 같은데.

나는 아래쪽 시야, 거멓게 번져 있는 부분에 초점을 맞췄다.

당신에게 불행이 찾아올 횟수는
앞으로 7번 남았습니다.

"응?"

웬 글자들이 보이는 것 같았다.

바닥을 내려다보고 천장을 올려다봤다. 분명 문장

하나가 시야 아래에 달라붙어 있었다. 이물감은 느껴지지 않았다.

"이게 뭐야? 혹시 비문증?"

시야에 검은 날벌레 같은 게 나타나 눈동자를 이리저리 돌려도 계속 따라다니는 증상을 비문증이라고 한다는 걸 들은 적이 있다.

근데 난 무슨 영문인지 날벌레가 아니라 문장이 보이네?

반복 알람 설정을 해둔 자명종이 또다시 울기 시작하자 나는 그제야 정신을 차렸다.

"눈이 피곤해서 그런 거야. 틀림없어!"

적당히 결론을 내고 세면대로 향했다.

증상이 계속되면 퇴근길에 안과라도 가봐야지.

다행히 도시락을 싸는 사이에 시야의 시커먼 것은 사라졌다.

그런데 그때부터 악몽이 시작됐다….

❋ ❋ ❋

도시락을 다 싸고 아침을 먹은 다음 옷을 갈아입으려고 옷장 문을 연 순간이었다.

헉!

구리다.

옷에서 엄청 구린 냄새가 풍긴다.

무슨 냄새인지 묻는다면 답은 간단하다.

덜 마른 걸레 냄새.

"뭐야? 왜 이렇게 냄새가 나지? 어제 플로럴 향 섬유 유연제도 뿌렸는데 웬 걸레 냄새? 하룻밤 사이에 잡균이 증식하기라도 했나?"

나는 말을 하지 못하는 옷에 대고 물었다. 혼자 자취하다 보면 나도 모르게 혼잣말이 늘어서 곤란하다.

옷장에 걸려 있는 옷에 코를 대고 차례대로 냄새를 맡아봤다.

…구려.

무지 구려!

"왜 냄새가 나는 거야? 그것도 몽땅! 어제는 휴일이라 세탁물을 완벽하게 말려서 넣어뒀는데."

오늘 입으려고 했던 블라우스와 치마에서도 이 세상의 것이 아닌 냄새가 풍겼다. 이걸 입었다간 출근길 전철에서 틀림없이 모두가 날 째려볼 터였다.

나는 왜? 왜? 하고 연거푸 중얼거리며 계속 코를 킁킁거리다 마침내 냄새가 나지 않는 옷을 겨우 찾아냈다.

눈을 뒤집어 깐 채 침을 질질 흘리고 있는 말이 그려진 티셔츠와 무인도에서 이리저리 굴렀나 싶게 군데군데가 찢어진 청바지였다.

그러고 보니 이런 옷도 있었지.

올해 정초에 옷이 무작위로 담긴 복주머니 상품을 구매했는데, 그 안에 이 엉뚱한 옷들이 들어 있었다.

내 취향이 전혀 아니네. 티셔츠는 잠옷으로나 입어야겠다.

그때 그렇게 생각하고 곧바로 옷장 구석에 처박아뒀었다. 그 덕분에 이 옷들만 구린 냄새로부터 제 몸을 지켰을 줄이야.

우리 회사는 복장을 규제하지 않아서 최악의 경우 이 옷을 입고 출근해도 되긴 하지만, 그렇다고 해서 이런 옷을 입고 간다면 사회인으로서 여러 가지를 잃어버릴 것만 같다.

"그렇지만 다른 옷을 지금 당장 빨아 입을 수도 없고…."

하다못해 이 말 그림이라도 어떻게 좀 가려줄 카디건 같은 건 없나!

찾아봤지만 역시나 죄다 구린 냄새가 났다.

시계를 확인하니 출근 시간이 시시각각 다가오고 있

었다.

…어쩔 수 없네. 오늘은 이 옷으로 버티는 수밖에. 퇴근하자마자 옷부터 죄다 꺼내 빨고 빨래방에서 건조해야겠어!

나는 각오를 굳히고 말 그림 티셔츠를 입었다. 하지만 막상 내 꼬락서니를 보니 방금 전의 결심이고 뭐고 다 뒤집어엎고 싶을 지경이었다.

"으윽… 끄응…."

나는 거울 앞에서 흐느꼈다. 그때 시야에 불현듯 검은 문장이 떠올랐다.

당신에게 불행이 찾아올 횟수는
앞으로 6번 남았습니다.

"…응?"

문장의 숫자가 처음 나타났을 때보다 하나 줄어든 것 같기도….

눈을 비비고 다시 쳐다보니 문장은 이내 사라졌다.

"역시 안과에 가봐야겠어…. 걸레 냄새가 나는 옷부터 향긋한 내음이 풍기도록 조치한 다음에."

나는 눈물을 훔친 뒤 하드렌즈를 끼려고 보관 용기

쪽으로 손을 뻗어 뚜껑을 열었다.

그런데 보존액 속에 뭔가 반짝거리는 결정 같은 것이 떠다니고 있었다.

"이게 뭐야아아아아아아아아아아!"

나는 산산조각이 난 하드렌즈를 향해 외쳤다.

"어, 어째서? 어째서 깨졌지? 게다가 아주 가루가 됐잖아! 어제 분명히 평소처럼 꼈다가 뺐는데? 금도 안 갔는데? 떨어뜨리거나 밟지도 않았는데?"

반짝반짝 빛나는 가루에 대고 따졌다. 물론 대답은 돌아오지 않았고, 깨진 조각들이 본래대로 돌아오지도 않았다.

"시력이 안 좋아서 맨눈으론 일을 못 하는데….."

나는 집에서 쓰는 검은 테 안경을 썼다.

말 그림 티셔츠랑 최악의 궁합이잖아!

"안경만 끼면 평범한데….."

나는 울먹였다. 그러나 시간이 없었다.

평소였다면 나, 오노 나오미는 심플하면서도 사랑스러운 블라우스에 치마와 펌프스 차림으로 출근했을 터였다.

하지만 오늘은 눈이 뒤집힌 말 그림 티셔츠에 어디서 자빠지기라도 한 듯한 찢어진 청바지, 옷과는 전혀 어울리지 않는 검은 테 안경에 스니커즈 차림으로, 그야말로 예술 감각이 폭발할 듯한 패션으로 출근하게 됐다.

당신에게 불행이 찾아올 횟수는
앞으로 5번 남았습니다.

* * *

"아니… 오노 씨, 그 옷차림은 뭐야?"

"묻지 마. 내일은 평소처럼 입고 올 테니까 오늘은 아무것도 묻지 말아줘."

나는 미지의 존재와 조우하기라도 한 듯한 표정으로 나를 바라보는 동료에게 애원했다.

"아니, 묻고 싶어. 적어도 그 눈 뒤집어 깐 말 그림에 대해서만이라도."

"진짜 아무것도 아냐. 그냥 아무 무늬 없는 티셔츠라고 머릿속으로 바꿔 생각해 줘."

나는 최대한 소리를 죽이고 자리에 앉은 다음 주변을 둘러봤다.

"…시마자키 계장님은?"

"마침 자리 비우셨어. 오후에나 들어오신대. 잘됐네. 사랑하는 계장님이 그 말 그림 티셔츠를 덜 보게 됐으니까."

간사이 지방 출신인 동료가 나를 보고 짓궂게 웃음
지었다.

"말 얘기 좀 작작 해!"

나는 동료가 입은 니트를 잡아당기며 말했다.

시마자키 계장님은 나보다 두 살 많은 서른 살 남자
다. 모델처럼 늘씬해서 회사에서 정장이 가장 잘 어울리
는 남직원으로 꼽히며, 사내답게 잘생겼으면서도 웃으
면 달콤하다. 순정만화에 나오는 미청년을 현실 세계에
구현해 낸 것만 같은 사람.

그런데 독신에다가 애인도 없어서 여직원들끼리 매
일 치열한 경쟁을 벌이고 있었다.

과자 좀 구워봤는데 드시겠어요?

영화표 두 장이 생겼는데 함께 어때요?

계장님, 오토바이 좋아하시죠? 저도 그렇거든요.

치열하다고 표현하긴 했지만 서로의 다리를 잡아끄
는 건 아니었다. 그저 계장님의 마음을 얻기 위해 제각기
분투할 뿐이었다.

"뭐, 오늘 오노 씨는 여러 의미로 계장님 눈길을 끌
지 않겠어?"

계장님 쟁탈전에 참가하지 않은 동료가 태평하게 말

했다.

그녀는 반년 전에 결혼해 행복한 신혼을 보내는 중이었다. 그래서 사심 없이 나를 응원해 주는 편이고, 나역시 그녀에게만은 솔직하게 고민도 털어놓으며 지내왔는데.

"오늘만은 계장님 눈에 띄고 싶지 않아."

나는 티셔츠를 내려다보며 말했다.

주변에 있던 여직원들이 이쪽을 힐끔힐끔 쳐다보고있었다. 다들 소리 없이 웃거나 속닥거리고 있었다. 들리지는 않지만, 무슨 이야기를 하는지 대강 짐작이 간다. 이 우스꽝스러운 옷차림을 두고 흉을 보고 있겠지.

"무슨 옷을 입든 개인의 자유, 개인의 취향이잖…"

내가 중얼거리자 동료의 눈이 휘둥그레졌다.

"아, 오늘 그 옷차림이 오노 씨 취향이었어?"

"아니야!"

나의 외침이 사무실 안을 울렸다.

※　※　※

오전 일과는 큰 문제 없이 지나갔다. 동료의 말대로 계장님과 맞닥뜨리거나 스치지 않아 안심하고 업무에

몰두할 수 있었다.

이때쯤 나는 아침에 봤던 수수께끼의 문장을 까맣게 잊고 있었다.

계장님과 맞닥뜨리지 않도록 주의하다가 최대한 일찍 퇴근해서 옷부터 전부 꺼내 빨아야지.

오로지 그 생각뿐이었다.

"하아, 드디어 점심시간이구나. 배고파."

동료가 휴게실 의자에 털썩 앉으며 숨을 몰아쉬었다.

나는 맞은편 자리에서 도시락 가방을 탁자 위에 올렸다.

"아, 오늘도 직접 싼 도시락이야?"

"응. 변변치 않아."

"그래도 늘 정성 가득한 반찬만 담겨 있잖아. 더욱이 하나같이 건강을 생각한 채소 반찬만. 오늘도 '유기농'이라는 단어와 잘 어울리는 세련된 반찬이 들어 있겠지?"

"에이, 안 그래."

"혹시 계장님이 볼까 봐 도시락도 공들여 싸는 거 아니야?"

"음, 약간은 그럴지도?"

"사랑의 힘은 놀라워!"

동료가 웃으면서 자신의 도시락 뚜껑을 열었다.

그녀의 도시락에는 돈가스, 계란말이, 톳 조림, 브로
콜리, 비엔나소시지가 들어 있었다. 나는 "오" 하고 감탄
의 소리를 내뱉었다.

"대단해. 아침부터 튀김이라니."

"남편이 돈가스 먹고 싶다고 해서 별수 없이…."

"말은 그렇게 해도 행복한 신혼생활이 엿보이는걸?
이 뜨거운 신혼의 파워 좀 봐. 부럽다, 부러워."

나는 손가락으로 동료를 콕콕 찔렀다.

그녀는 남편 도시락과 같은 반찬으로 싸면 보기에
귀여운 맛이 없어서 싫다고 하지만, 내 눈에는 문어 모양
으로 삶은 소시지만으로도 충분히 귀엽다.

"아침부터 튀김이라니 존경스러워. 난 오늘 볶음 요
리야."

나도 실없이 웃으며 도시락 뚜껑을 열었다.

당근 하나가 통째로 들어 있었다.

쾅!

"오노 씨, 왜 그래?"

내가 힘차게 뚜껑을 닫자 동료가 물었다.

나는 창백해졌을 얼굴로 동료를 쳐다봤다.

"아, 아무것도 아니야."

잘못 본 걸 거야. 잘못 봤겠지?

방금 엄청 이상한 걸 본 것 같은데 기분 탓이겠지?

등에서 식은땀까지 배어났다. 나는 "정말로 아무 일도 아냐" 하고 잠꼬대처럼 중얼거리고 천천히 도시락 뚜껑을 열었다.

당근 하나가 통째로 들어 있었다.

쾅!

"무슨 일이야, 대체?"

"어? 아니, 아니!"

나는 어색하게 웃으며 동료를 쳐다봤다. 내 머릿속은 혼란의 극에 달해 있었다.

말도 안 돼.

아니, 아니, 진짜 말도 안 돼. 방금 그거 뭐야? 당근? 당근 맞지? 조리되지 않은 생당근 하나가 통째로 들어 있었지? 방금 밭에서 뽑아왔다고 해도 믿을 법한 싱싱한 당근. '유기농'이 아니라 '산지 직송'이라는 말이 더 잘 어울리는 광경이 방금 눈앞에 펼쳐졌었지?

나는 도시락 뚜껑에 손을 얹은 채 오늘 아침의 내 행

동을 되짚어봤다.

아침에 일어나서 화장실에 갔고, 욕실에 갔고… 부엌에 갔었지.

시금치를 살짝 데쳐 찬물에 식히고 먹기 좋게 썰었다. 미리 만들어뒀던 깨 양념장을 넣어 순식간에 시금치무침을 만들었다. …만들었다. 틀림없이 만들었다.

주요 반찬은 데리야키. 건강을 위해서 닭가슴살을 썼고, 물론 닭 껍질도 벗겼다. 사케, 간장, 메이플시럽으로 맛을 냈다. 어제 양념장에 담가놨다가 오늘 아침에 구웠다. …구웠다. 확실히 구웠다.

그 뒤에 멸치를 넣어 계란말이를 만들고, 계란을 뺀 닌진시리시리*를 조리했다. …분명 이 반찬에 당근이 등장하긴 한다. 하지만 가늘게 채를 썰었다. 채 썰었다고!

랩에 싸서 냉동실에 넣어뒀던 잡곡밥을 전자레인지로 데웠다. 도시락에 쌀 밥을 식히는 동안 아침을 먹고 몸단장을 마쳤다. 그 말 그림이 그려진 티셔츠를 입어야 하는 현실을 한탄하면서 도시락에 밥과 반찬을 담아… 담았다! 역시 담았다고!

나는 자신감을 되찾았다.

---

* 당근채에 통조림 참치, 계란 등을 넣어 볶은 오키나와 지역의 가정식 요리.

역시 나는 틀림없이 요리를 해서 도시락을 쌌다. 그 과정은 꿈도, 환상도 아니었다. 방금 본 생당근은 틀림없이 환영일 것이다.

나는 다시 도시락 뚜껑을 살짝 열고 눈을 크게 떴다.

당근 하나가 통째로 들어 있었다.

쾅!

"진짜 왜 그래?"

"아무것도 아냐!"

아니, 진짜 왜? 왜 당근만, 생당근만 들어 있는 거지? 다른 반찬은 다 어디로 갔어? 왜 생당근만? 설마 싫기는 하지만 혹시 이 말 티셔츠와 짝을 맞추려고? 말? 말이 먹을 당근이었어?

머릿속에 떠오르는 모든 문장이 의문형으로 변했을 때 시야에 검은 것이 비쳤다.

당신에게 불행이 찾아올 횟수는
앞으로 4번 남았습니다.

"…설마."

그제야 어젯밤의 편지가 떠올랐다.

이 편지는 불행의 편지입니다.
오늘 안에 이 편지와 똑같은 편지를 일곱 사람에게 보내지 않으면
내일 당신에게 일곱 번의 불행이 찾아올 것입니다.

"아, 아니, 설마…."

"오노 씨, 왜 그래? 안색이 안 좋아."

동료가 걱정하는 눈으로 나를 쳐다봤다. 나는 황급
히 도시락을 가방에 넣었다.

"갑자기 속이 좀 메스꺼워. 오늘 점심은 건너뛰어야
겠어."

"어떡해. 괜찮겠어?"

"괜찮아. 아하하…."

당황하며 땀을 흘려서인지 입술이 바싹바싹 말랐다.
나는 화장품 파우치에서 립글로스를 꺼내 입술에 댔다.

"아, 오노 씨 그거!"

"응?"

립글로스를 발랐다. …발랐는데 이상하게 입술이 매
끄러워지지 않았다. 묘하게 끈적거리고 독특한 냄새까
지 났다.

립글로스를 눈앞으로 가져왔다.

막대형 풀이었다.

"아… 뭐야아아아아아아아아!"

끈적끈적해진 입술로 나는 외쳤다.

당신에게 불행이 찾아올 횟수는

앞으로 3번 남았습니다.

아래쪽 시야의 문장에서 숫자가 또 하나 줄었다.

❋ ❋ ❋

화장실 세면대에서 입술을 벅벅 닦아내며 공포에 몸
을 떨었다.

앞으로 세 번.

앞으로 또 세 번의 불행이 찾아올 것이다.

그것도 현실감 없는 엉뚱하고 이상한 불행만이.

지금껏 살면서 불행의 편지 따위는 믿어본 적이 없
는데, 이번만은 아무래도 믿어야 할 것 같다.

…그나저나 지금까지 벌어진 불행은 모두 비현실적
인 것이었다.

뭐, 생각해 본 적은 있었다. 막대형 풀을 보고 립글로스처럼 생겼네, 라고 생각해 보긴 했다. 하지만 실수로라도 막대형 풀을 화장품 파우치에 넣은 적은 없었다. 하물며 생당근을 통째로 도시락에 넣다니.

그런데 그런 일이 실제로 벌어졌다.

앞으론 어떤 불행이 찾아올까?

만에 하나라도 교통사고를 당하면 어쩌지? 혹시라도 통장 잔액이 갑자기 0이 된다면? 서, 설마하니 목숨을 앗아가지는….

아니, 진정하자. 귀엽고 이쁜 편지지에 적힌 불행의 편지에 설마 그만한 효과가 있겠어? 기껏해야 어린애 장난 수준의 불행이 이어지겠지. 초인종 누르고 도망치는 수준의 장난일 거야.

"이딴 것에 꺾이면 안 돼. 마음을 다잡자…."

나는 거울에 비친 내 모습을 보며 자신을 타일렀다.

그 편지의 내용이 맞다면 남은 불행은 세 번. 세 번 모두 오늘 안에 찾아올 것이다.

바꿔 말하자면 오늘이라는 최악의 하루만 넘긴다면 평온한 나날이 돌아올 것이다. 그렇게 생각하며 정신줄을 부여잡을 수밖에 없다.

"앞으로 반나절만 버티면 돼!"

나는 자신을 북돋우며 화장실 개인칸으로 향했다.

볼일 보고 나서 일에만 몰두하자. 퇴근 시간이 땡 하는 대로 집에 가서 곧바로 자버리자. 하룻밤 자고 나면 모든 게 끝나 있을 거야.

나름 최선의 계획을 세운 뒤 개인칸에 들어갔다.

문을 닫고 잠금쇠를 걸었다. 허리띠를 풀고 바지를 내린 뒤 변기에 앉으….

문 위쪽에 바퀴벌레가 달라붙어 있었다.

"…허억."

다른 곳이었다면 목청이 찢어지도록 소리 질렀을 것이다.

하지만 지금 나는 화장실에서 바지를 내린 상태였다. 이성의 힘으로 겨우 비명을 최소한으로 억누를 수 있었다.

안으로 밀어서 여는 문은 참 무섭다.

안쪽에 뭐가 달라붙어 있는지 밖에서는 알 수가 없으니까. 이번 상황이 딱 그렇다. 문 위쪽에 '그게' 달라붙어 기다리고 있을 줄이야!

녀석이 있는 줄도 모르고 문을 닫고… 잠금장치를

채우기까지 했다.

내가 나를 궁지로 내몬 꼴이다.

"흐어어어…."

녀석을 자극하지 않도록 조심스레 바지를 올렸다. 그동안에도 내 두뇌는 엄청난 속도로 회전하고 있었다.

어쩌지? 어쩌지, 어쩌지, 어쩌지?

여기서 탈출하기 위해서는 잠금쇠를 풀고 문을 열어야만 한다.

하지만 문 위에 녀석이 있다. 잠금쇠를 풀거나 문을 여는 순간 그 진동으로 녀석이 위에서 떨어질 가능성도 충분하다.

난 저 녀석과 손톱만큼도 더 가까워지고 싶지 않다. 이 비좁은 밀실에서 저 녀석이 조금이라도 더 가까이 다가온다면 실신할 자신도 있었다.

저 검은 악마는 성충이 분명하다. 무서울 만큼 크다.

스니커즈로 때려죽일까? 아니, 못 해. 난 못 해. 설령 살충제가 있다고 해도 이 거리에서 분사하는 건 끔찍한 일이다.

나는 마음속으로 빌기 시작했다.

평화적으로 지금 당장 여기서 나가주면 안 될까? 나는 벌레 죽이는 걸 좋아하는 사람이 아니야. 제발 내 마음이 바뀌기 전에 당장 나가줘.

내가 아무리 빌어본들 녀석의 귀에는 들리지도 않을 것이다. '슬금슬금'이라는 효과음이 잘 어울릴 것 같은 시간만이 흐르고 있었다.

어쩌지, 어쩌지, 어쩌지, 어쩌지?

식은땀을 흘리던 나는 문득 예전에 들은 이야기가 떠올랐다.

바퀴벌레는 날지 못한다.

흡사 나는 것처럼 보이긴 해도 사실은 점점 더 낮은 곳을 향해 허공을 이동할 뿐이다. 녀석들은 낮은 곳에서 높은 곳으로는 날아오르지 못한다.

그러나 이런 체험담도 익히 들어봤다.

'녀석이 얼굴을 향해 날아들었다!'

제대로 날 줄도 모르면서 사람의 얼굴에 달려들다니 얼토당토않은 재능이네, 할 수도 있을 것이다. 하지만 이 이야기는 실화다. 우리 어머니도 어깨에 바퀴벌레가 달라붙은 적이 있다고 했다.

다시 말해 지금 무슨 일이 벌어졌느냐면….

"으아아아아아아아아악!"

바퀴벌레가 화려하게 허공에 떠올랐다.

반사적으로 눈을 감아버린 나는 녀석이 내 몸에 달

라붙었는지 어떤지도 모른 채 그냥 비명을 내질렀다.

"음바아앙아아가아아앗훗후아아웃음바바아!"

대체 무슨 소리를 내뱉은 건지도 잘 모르겠지만, 어쨌든 나는 문을 힘껏 열고 라이브 공연장의 헤비메탈 가수처럼 머리를 마구 흔들며 복도로 뛰쳐나갔다. 머리에 달라붙었을지도 모를 녀석을 떨어뜨리기 위해. 아마 누군가 이 꼴을 본다면 내가 악마에라도 홀리지 않았는지 의심할 것이다.

"오, 오노 씨?"

대체 무슨 일인가 하고 다가온 동료가 헤드뱅잉 중인 나에게 말을 걸었다. 놀라움과 배려와 웃음을 조화롭게 뒤섞은 목소리였다.

"바, 바퀴, 바바."

동료의 얼굴을 본 순간 눈물이 왈칵 쏟아졌다.

설령 동료가 내 앞에서 필사적으로 웃음을 참고 있다고 해도 끔찍한 건 끔찍한 거였다.

그때 여자 화장실에서 바퀴벌레가 나타났다고 소란을 떠는 소리가 들렸다.

녀석은 내 몸에 붙어 있는 게 아니었다. 그제야 나는 안도하며 눈물을 펑펑 흘렸다. 그리고 흐릿하게 떠오른 숫자를 확인했다.

당신에게 불행이 찾아올 횟수는
앞으로 2번 남았습니다.

이 역시 불행 중 하나였나?

나는 웃었다. 울면서 웃고 있으니 동료의 눈에는 틀림없이 이상한 여자로 비치겠지?

모든 옷에서 풍기던 구린 냄새, 가루가 된 콘택트렌즈, 생당근 하나만 덜렁 들어 있던 도시락, 립글로스인 줄 알고 꺼내 발랐던 막대형 풀.

"왜 갑자기 이런 현실적인 불행이…."

나는 복도 바닥으로 쓰러져 흐느끼기 시작했다. 그때 시야에 웬 구두가 비쳤다.

"오노 씨, 무슨 일이야?"

낮으면서도 부드러운 목소리. 눈에 익은 구두.

"시, 시마자키 계장님."

동료가 당황하며 입을 열었다.

오늘은 제발 마주치지 않았으면 했는데….

눈이 뒤집힌 말 그림 티셔츠, 당장 쓰레기통으로 가야 할 것 같은 청바지, 헤드뱅잉하느라 대책 없이 헝클어진 머리, 촌스러운 안경, 눈물 때문에 뭉개진 화장.

바로 이 순간만은 맞닥뜨리고 싶지 않았는데….

하지만 고개를 들지 않을 수도 없다. 나는 눈물을 훔치고, 안경을 고쳐 쓰고, 손으로 머리를 대충 매만진 다음 코를 훌쩍이며 일어섰다.

"시마자키 계장님, 고생 많으십니다."

"오노 씨도 고생 많네요. …저기."

"아무것도! 아무것도 아닙니다!"

온통 문제투성이인 내 모습을 보고 계장님은 당혹스러워했다.

동료가 작은 목소리로 "오노 씨, 오노 씨" 하고 속삭였다. 나는 "이제 괜찮아요" 하며 미소를 지었다.

"계장님께도, 니시카도 씨한테도 괜히 걱정을 끼쳐드렸네요. 바퀴벌레를 보고 너무 놀라서."

나는 애써 밝은 목소리로 말했다. 동료가 또다시 "오노 씨" 하고 불렀다. 나는 그녀를 향해 활짝 웃어 보였다.

"정말로 미안해요. 시끄러웠죠?"

"오노 씨, 아래, 아래!"

"어?"

나는 아래를 내려다봤다.

청바지 지퍼가 활짝 열려 있었다.

당신에게 불행이 찾아올 횟수는

앞으로 1번 남았습니다.

"워어어엇!"

나는 마치 말이라도 모는 듯한 소리를 내며 중요 부위를 두 손으로 가렸다.

계장님은 내 지퍼가 열려 있는 것을 알아차리지 못했는지 해맑게 웃으며 나를 보고 있었다.

＊ ＊ ＊

피곤하다.

오늘은 정말로 피곤하다.

집 근처 전철역 플랫폼을 터벅터벅 걸으며 크게 한숨을 내쉬었다.

어떻게든 오늘 업무를 마치긴 했지만, 하루 동안 벌어진 온갖 사건 때문에 체력이 몽땅 소진됐다. 정신은 피폐해졌고 목이 탔다. 동경하던 계장님 앞에서 추태를 보였으니 아마도 이 사랑은 끝장이 났겠지. 어쩌면 몸무게도 4킬로그램쯤 빠졌을지 모르겠다.

아마 빠지진 않았겠지만. 꼭 이럴 땐 빠지지 않더라.

오히려 4킬로그램이 쪘을지도 모른다.

당신에게 불행이 찾아올 횟수는
앞으로 1번 남았습니다.

앞으로 한 번 남았으니까.

"이제 진절머리 나. 1분 뒤에 하루가 끝나버려라."

오늘이라는 날에 저주를 퍼부으며 개찰구를 빠져나갔다. 그 순간 배가 요란하게 꼬르륵거렸다.

그러고 보니 오늘 점심을 안 먹었네.

그 사실을 떠올리자마자 극심한 허기가 느껴지는 이 현상을 뭐라고 해야 할까?

나는 격렬하게 자기주장을 하는 배를 부여잡고 눈앞에 보이는 도시락 가게로 들어갔다.

1년 전 생긴 이 가게 도시락은 싸고 맛있고, 무엇보다 양이 많다. 남학생들은 물론이고 나도 자주 이용한다.

오늘은 뭘 차려 먹을 기력도 없다. 도시락으로 끼니를 때우고 얼른 잠이나 자자….

가게에 들어가 가장 좋아하는 도시락을 주문했다.

"육즙이 자르르 흘러넘치는 두꺼운 스테이크랑 바삭거리는 닭튀김이 담긴 특대 고기축제 도시락 주세요. 밥은 곱빼기로."

"예. 고기축제 도시락이랑 밥 곱빼기 말이죠?"

점원은 내가 주문한 도시락 메뉴 이름의 대부분을
잘라먹었다.

"와아, 밥이다, 밥이다!"
비틀거리며 집에 도착한 나는 비닐봉지에서 도시락
을 꺼냈다.
갑자기 한없이 불길한 예감이 들었다.
"어?"
2단짜리 도시락 용기가 모두 흰색이었다.
이 가게는 밥은 흰색 용기에, 반찬은 검은색 용기에
담아준다. 그런데 무슨 영문인지 눈앞에는 흰색 용기만
놓여 있다.
용기 색깔이 흰색으로 통일됐나?
실망하지 않도록 최대한 좋은 쪽으로 해석해 봤다.
그러나 불길한 예감은 가시지 않았다.
"서, 설마…."
나는 미소를 머금은 채 첫 번째 용기의 뚜껑을 살짝
열었다.
밥 곱빼기였다.
나는 신에게 빌면서 두 번째 용기의 뚜껑을 살짝 열
었다.

밥 곱빼기였다.

"…"

당신에게 불행이 찾아올 횟수는

앞으로 0번 남았습니다.

"오, 노오오오오오오오오오오오!"

나는 이웃집에 민폐가 된다는 것도 잊고 통곡했다.

❊ ❊ ❊

밥 곱빼기가 담긴 봉투를 들고 도시락 가게로 향했다.

"아무리 전화해도 받지를 않네. 피곤해. 빨리 고기 먹고 자고 싶어…."

인적이 없는 밤길에서 투덜거렸다.

그나마 다행인 건 이걸로 일곱 번의 불행이 모두 지나갔다는 거다. 더는 찾아오지 않을 것이다.

콘택트렌즈가 깨질 일도, 밀실에서 '그것'과 대면할 일도, 생당근만 달랑 들어 있는 도시락을 마주할 일도 더는 벌어지지 않겠지.

그렇게 생각했건만.

"어? 오노 씨?"

도시락 가게 근처에서 시마자키 계장님과 딱 맞닥뜨리고 말았다.

"계, 계장님…!"

왜 하필 여기서!

평소였다면 반가워했겠지만.

지금 나는 약간 얼룩이 진 안경을 그대로 쓴 채였다. 뭉개진 화장도 지우지 않았다. 여전히 말 티셔츠와 찢어진 청바지를 입고 있고, 더욱이 비치 샌들을 신고 있다. 인생에서 최고로 멋을 부린 상태라고 할 수 있었다.

야, 인마, 불행의 편지! 아직 여덟 번째 불행이 남아 있었잖아!

나는 울었다. 속으로 흐느꼈다.

"이런 데서 뭐 해요?"

내 속내는 전혀 모른 채 계장님이 시원스럽게 말을 걸었다. 아이스크림 광고에 나올 만큼 청량감이 넘치는 웃음을 지으며.

도시락을 샀는데 밥 곱빼기만 들어 있어서 지금 반찬을 받으러 가는 길이에요.

아무리 그래도 너무 불쌍한 사연이라서 계장님에게만은 말하고 싶지 않았다.

"계장님이야말로 여기서 뭐 하세요?"

내가 되묻자, 계장님이 "그게 말이죠"라며 곤혹스러운 듯 대답했다.

"근처 도시락 가게에서 도시락을 샀는데 용기 두 개에 모두 반찬만 들어 있더라고요. 그래서 밥을 가지러…."

"어…."

나는 계장님이 들고 있는 비닐봉지를 봤다.

도시락 가게의 로고가 들어간 연갈색 봉지. 내가 들고 있는 봉지와 똑같았다.

"어라? 오노 씨, 그거."

내가 들고 있는 비닐봉지를 알아본 계장님이 서슴없이 물었다.

"오노 씨, 그거 내용물이…."

"…밥 곱빼기요."

"오노 씨가 주문한 도시락이…."

"육즙이 자르르 흘러넘치는 두꺼운 스테이크랑 바삭거리는 닭튀김이 담긴 특대 고기축제 도시락… 밥은 곱빼기…."

아아.

이럴 줄 알았다면 차라리 점심때 그 당근이라도 씹

어 먹을 걸 그랬다.

내 티셔츠에 그려진 말처럼 나도 눈을 뒤집어 깔 뻔했다.

나는 회사에선 '건강을 위한 채소 위주의 유기농 도시락'을 먹지만, 실은 스테이크나 닭튀김 같은 기름진 음식을 아주 좋아한다. 그래서 도시락 가게에 갈 때마다 고기가 든 도시락을 곱빼기로 주문한다.

계장님은 물론 동료들도 모르는 사실이었다.

아아! 얼른 집으로 가서 고기를 먹으며 곱빼기로 울어야겠다….

"오노 씨…. 저기, 육즙 뭐시기 하는 도시락, 좋아해요?"

계장님이 쐐기를 박듯이 물었다. 나는 아무 말 없이 고개를 끄덕였다.

그 순간 계장님이 활짝 웃었다. 아까의 시원스러운 웃음보다 더욱 친근해 보이는 웃음이었다.

"이거 맛있죠? 나도 좋아해요."

"어…."

"설마 오노 씨 도시락과 내 도시락이 서로 바뀌었을 줄이야."

계장님이 "자, 여기 고기 도시락이요" 하며 비닐봉지를 내밀었다. 나는 들고 있던 밥 곱빼기가 든 용기를 계장님에게 건넸다.

"내 동생이 최근 이 근처에서 자취를 시작했거든요. 자주 놀러 가는데 그때마다 여기 도시락을 사 갑니다. 싸고 맛있더라고요."

"그러, 세요?"

"여러 군데 걸 다 먹어봤는데 역시 이 가게 도시락이 최고인 것 같아요. 도시락 이름이 너무 길어서 잘 기억하진 못하지만."

미소를 지으며 상냥하게 말하는 계장님이 너무 귀여웠다.

나는 계장님을 똑바로 쳐다보지 못하고 시선을 땅바닥으로 향한 채 눈동자를 이리저리 굴렸다.

"오노 씨네 집, 이 근처인가요?"

"아, 예. 바로 저기 보이는 맨션인데…."

나는 고개를 숙인 채 대답했다. 그러자 계장님이 선뜻 말했다.

"바래다줄게요."

"엇! 아뇨, 아뇨, 괜찮아요!"

"자자, 그러지 말고요. 밤에 여자 혼자 다니면 위험해요."

계장님이 함께 가자며 걸음을 내디뎠다.

나는 고개도 제대로 들지 못한 채 계장님과 함께 나란히 걸었다. 하루의 피곤이 싹 날아가 버릴 만큼 행복한 시간이었다.

"…그나저나 오늘 오노 씨 모습, 어쩐지 신선했어요. 옷차림도 평소와 다르고."

"이, 이건 여러 사정이 있어서…."

말 티셔츠가 시야에 들어오자 눈물이 나올 뻔했다. 그때 계장님이 "아, 맞다" 하고 말을 꺼냈다.

"오노 씨가 고기를 좋아한다니 말인데, 언제 한번 고깃집에 같이 가지 않을래요? 내가 아는 맛집이 있거든요."

"예?!"

고개를 확 들고 계장님을 봤다. 신이 난 얼굴로 나를 보는 계장님과 눈이 마주쳤다.

"숯불구이집인데 아마 맘에 들 겁니다."

"가, 갈래요! 무조건 갈게요!"

나는 즉답했다.

계장님이 "다행이네요" 하며 흐뭇해했다.

"회사에서 근무하는 평소의 오노 씨 모습밖에 몰랐다면 아마 고깃집에 같이 가자는 말을 못 했을 겁니다. 그런 의미에서 도시락 가게한테 고마워해야겠군요."

계장님의 말에 나는 격하게 동의했다.

맞아. 오늘 육즙이 자르르 흘러넘치는 두꺼운 스테이크랑 바삭거리는 닭튀김이 담긴 특대 고기축제 도시락을 주문하길 잘했어!

진심으로 그렇게 생각했다. 그리고 저 도시락 가게를 평생 이용해야겠다고 결심했다.

맨션 앞에 도착해 계장님에게 고맙다고 인사했다.

"뭘요. 아닙니다."

계장님이 시원스럽게 대꾸했다.

"그럼 함께 고깃집에 갈 날을 기대하고 있을게요."

"아, 예…."

"그리고."

계장님이 내 얼굴을 들여다보고 말을 이었다.

"오노 씨 안경, 잘 어울려요."

계장님이 내일 보자고 말한 뒤 발걸음을 돌렸다. 그 뒷모습을 쳐다보며 나는 속으로 중얼거렸다.

고마워. 불행의 편지.

콘택트렌즈를 산산조각 내줘서. 도시락에 생당근만 달랑 넣어줘서. 도시락을 바꿔치기해 줘서.

그 불행이 없었다면 나는 오늘 계장님과 이런 대화를 나누지 못했을 것이다.

단둘이서 걷는 행운도 없었을 테고, 고깃집에 같이

가자는 약속도 없었겠지.

나는 고기가 든 도시락을 껴안았다.

살면서 어떻게 행복하기만을 바랄 수 있을까.

불행이나 불운을 극복해야만 거머쥘 수 있는 행복도 있는 법이다.

"고마워, 불행의 편지!"

나도 모르게 눈물이 넘쳐흘렀다.

내일도 이 안경을 쓰고 출근해야지….

⁂ ⁂ ⁂

일곱 번의 불행을 극복한 이튿날.

집 우편함에 한 통의 편지가 들어 있었다.

이 편지는 이상한 편지입니다.

오늘 안에 이 편지를 똑같은 편지를 열 사람에게 보내지 않으면

내일 당신에게 이상한 사건이 스무 번 일어날 것입니다.

"불행을 극복했더니 이번엔 이상한 사건이야?"

훗, 하고 웃음이 새어 나왔다. 손이 덜덜 떨리면서 들고 있던 꽃무늬 편지지도 바스락거렸다.

분명 어제는 그렇게 생각했지.

불행 뒤에 행복이 찾아온다고 생각했다. 어젯밤에 눈물이 날 만큼 통감했다.

그래도.

"이제 좀 봐주라…."

나는 웃었다.

웃을 수밖에, 없었다.

당신이 거짓말을

들을 횟수는

앞으로 122만 7734번 남았습니다

자신이 하루에 몇 번이나 거짓말하는지, 지금껏 몇 번이나 거짓말했는지 헤아리고 있는 사람이 있을까?

적어도 나는 거짓말을 할 때마다 일일이 횟수를 세어보지 않는다.

다만 내가 지금까지 얼마나 많은 거짓말을 들어왔는지는 알고 있다.

"엄마랑 꼭 닮아서 참 귀엽구나."

언젠가 엄마 친구가 호들갑을 떨며 말했다.

나는 무뚝뚝한 얼굴로 그 흉악한 웃음을 올려다봤다.

"틀림없이 커서 미인이 될 거야."

당신이 거짓말을 들을 횟수는
앞으로 131만 4112번 남았습니다.

"그 치마 엄청 잘 어울린다!"

당신이 거짓말을 들을 횟수는
앞으로 131만 4111번 남았습니다.

거짓말하는 사람 따윈 질색이다 — .

그런 생각을 해본 적은 없다. 만약에 거짓말을 결코 하지 않는 사람이 있다면 도리어 그 사람이 이상한 거니까. '선의의 거짓말'이라는 말도 있듯이 거짓말이 필요할 때도 있다.

사람은 큰 거짓말이든 작은 거짓말이든 다들 거짓말을 하며 살아간다.

거짓말을 들을 때마다 줄어드는 숫자 때문에, 나는 어릴 적부터 그 사실을 알았다.

거짓말하는 사람이 싫다고 생각해 본 적은 없다.

다만.

"이 아이가 장차 어떤 인물이 될지 기대돼."

당신이 거짓말을 들을 횟수는
앞으로 131만 4110번 남았습니다.

세상엔 믿을 만한 사람이 단 한 명도 없다는 생각이
들 뿐.

＊ ＊ ＊

따님이 그 누구에게도 마음을 열지 않습니다.

중학교 2학년 시절, 보호자 동반 상담 때 담임이 대
단히 쓸데없는 소리를 했다.

"맞아요" 하고 엄마가 걱정하는 목소리로 대꾸했다.
두 사람은 나를 빼놓고 이야기를 계속했다.

*얘가 집에서도 통 말을 하질 않아서. 어렸을 적부터
친구가 없었어요.*

그렇습니까. 친구가 꼭 있어야 하는 건 아니지만….

이 대목에서 숫자가 하나 줄었다. 손거스러미를 만
지작거리던 나는 코웃음을 쳤다.

"친구가 있어야 한다고 생각한다면 솔직히 얘기하
지 그래?"

내 말을 듣고 담임의 눈이 휘둥그레졌다.

입을 꾹 다물고 있던 아이가 느닷없이 끼어들어서 놀랐는지, 아니면 내 말이 정곡을 찔러서 당황했는지.

"누가 그런 말을 하던? 선생님도 굳이 말하자면 혼자 시간 보내는 걸 좋아해. 그러니 억지로 친구를 만들라고 권하고 싶진 않아. 그래도 말이야, 흉금을 터놓고 이야기 나눌 친구는 사귀어두는 게…."

담임이 타이르듯 말했다.

"집에 있는 선인장이랑 자주 이야기하고 있어."

"그게 아니라…."

"선생님은 나 같은 학생이 성가시지?"

대답은 뻔하다. 그런데도 물었다.

담임이 힘주어 대답했다.

"그렇지 않아. 소중한 학생을 성가셔하는 선생님이 어디 있니?"

당신이 거짓말을 들을 횟수는
앞으로 123만 6892번 남았습니다.

"…거짓말."

나는 일어섰다. 엄마와 담임을 놔두고 교실을 나섰다. 어차피 내가 없더라도 둘이서 멋대로 상담을 진행하겠지.

후덥지근한 복도를 걸어가는데 엄마가 황급히 쫓아 왔다.

"얘! 어서 교실로 돌아와."

"싫어."

"싫긴 뭐가 싫어! 그리고 선생님한테는 존댓말을 써 야지."

"…엄마야말로 얼른 집에 가서 애지중지하는 오빠 나 학원에 보내지 그래?"

나는 엄마를 째려보며 대꾸했다. 내가 생각해도 사 리에 맞고 이해가 되는 말이다. 문제아인 나보다는 똑똑 하고 엄마를 잘 따르는 오빠가 엄마에겐 더 이쁘고 마음 이 가는 자식이겠지.

그런데 어른들은 거짓말만 한다.

"그런 소리가 어디 있니? 너도 소중한 내 딸이야."

"그럼 하나 묻겠는데, 엄마는 날 귀찮다고 여긴 적 없어?"

"그런 적 없는데? 걱정스럽긴 하지만."

뻔한 거짓말에 줄어드는 숫자.

"…왜 굳이 그런 거짓말을 하는 거야?"

나는 웃으며 엄마에게서 멀어졌다.

거짓말을 들을 횟수.

'거짓말'로 셈이 되려면 몇 가지 규정이 있다.

우선 상대방 앞에서 내 귀로 직접 들은 거짓말에만 숫자가 줄어든다. 문자로 이루어진 내용은 거짓말로 취급되지 않는다. '나를 향해서' 발언하지 않는 텔레비전이나 라디오 방송도 거짓말 대상에 포함되지 않는다.

겉치레 인사 같은 말, 예를 들어 별 대단치도 않은 요리를 먹고 '맛있다'라고 하는 건 거짓말로 취급된다.

아울러 말하는 상대가 '거짓말'이라는 걸 인식하고 발언했을 때만 숫자가 줄어든다. 다시 말해 말의 내용이 실제론 '거짓'이라도 본인이 '진실'이라고 인식하고 발언하면 거짓말로 셈이 되지 않는다.

이런 판별 능력을 얻은 뒤 내가 깨달은 것은, 이 세상에는 거짓말이 범람하고 있다는 사실이었다.

말의 진위를 판별할 수 있는 능력. 듣기에는 참 그럴싸하다.

다만 쓸데없는 능력임은 분명하다.

애정도, 우정도, 동정도.

그 모든 게 순 거짓말이라는 걸 깨달았으니까.

＊　＊　＊

　나는 학교에서 늘 책을 읽으며 시간을 보냈다.

　사람을 대하지 않으니 숫자가 줄어들 일도 없다. 평온하게 지낼 수 있는 최선의 방법. 중학생인 나에게는 소설만이 유일한 위안이었다.

　책만 읽어서 속을 알 수 없는 아이. 어두운 아이. 가까이하고 싶지 않은 아이.

　뒤에서 다들 이렇게 속닥거린다는 것을 나는 알고 있었다.

　거짓으로 하는 말이 아닌 만큼 숫자는 줄어들지 않았다.

　"세노오, 나랑 사귀자!"

　나는 남자애들의 이런 놀이에서 종종 표적이 되기도 했다. 책을 보다가 고개를 들었더니 오늘 나에게 온 남자애는 여자애들에게 열광적인 인기를 얻고 있는 축구부 에이스였다. 다른 아이들은 저쪽에서 히죽거리며 이쪽을 쳐다보고 있었다.

　게임 상황인 만큼, 숫자가 줄어드는지 확인할 필요도 없이 녀석의 말은 당연히 거짓이었다.

　"귀찮아."

내 목소리는 녀석의 귀에 닿지 않았다.

나는 조용히 한숨을 내뱉고 아이들의 기대에 부응해 주려고 일부러 이런 말을 했다.

"나 같은 여자애라도 상관없다면 우리 사귀자."

그 순간 녀석의 태도가 돌변했다.

"미쳤냐? 너같이 못생긴 애를 좋아할 리가 없잖아!"

숫자는 줄어들지 않았다.

다시 말해 녀석은 진실을 말했다.

남자애들이 깔깔대며 웃었고, 여자애들은 측은하다는 듯 나를 쳐다봤다. 다만 여자애들의 눈빛에는 남자애들을 향한 경멸과 함께 '내가 아니라서 다행'이라는 안도의 마음도 포함돼 있었다.

늘 놀림감이 되는 불쌍한 세노오지만 손을 내밀고 싶지는 않다. 저 애가 별난 것은 사실이니 놀림감이 될 만하다. 저 애가 놀림감이 되는 동안엔 내가 표적이 되지 않는다. 세노오라는 희생양을 한 마리 바치면 우리들의 안녕을 지킬 수 있다. 누가 알려준 적도 없는데 다들 그 사실을 알고 있었다.

이제 됐어.

나는 다시 책으로 눈을 돌렸다.

새삼스레 나 말고 다른 애를 표적으로 삼으라든가,

나를 좀 도와달라고 하고 싶진 않다. 여자애들의 평화가 '놀림감이 되지 않는 것'이라면 나의 평화는 '누구와도 말을 섞지 않는 것'이다.

　이런 소동은 분명 오래가지 않는다. 한동안 가지고 놀다가 지겨워지면 더는 내게 말을 걸지 않을 것이다. 그러면 나는 영원히 평온해질 것이다.

당신이 거짓말을 들을 횟수는

앞으로 123만 6885번 남았습니다.

　숫자가 줄어들 때마다 혐오감을 품을 필요도 없다.
　나는 그 누구와도 시선을 마주하지 않은 채 계속해서 책만 읽었다.

＊　＊　＊

　아무래도 중학생들은 힘이 남아도는 모양이었다.
　1학년에서 2학년이 되어도, 2학년에서 3학년이 되어도 남을 놀리는 방법은 별로 변하지 않았다.
　"지금부터 하세베가 한 여자애한테 고백한답니다!"
　중학교 마지막 여름방학을 앞둔 어느 날 교단에서

그런 소리가 들렸다.

나는 참고서에서 눈을 떼고 앞을 봤다. 점심시간이 되기만을 기다린 듯한 남자애가 칠판에 저속한 말을 휘갈기고 있었다.

교단에는 껄렁껄렁한 남자애 네 명이 있었다.

그리고 그 녀석들에게 툭하면 놀림감이 되는 하세베라는 아이도 있었다.

하세베는 정말 진지한 남자애였다. 교복 셔츠를 입을 때는 단추를 모조리 채우고, 책가방에는 오로지 교과서와 문구류만 있었다. 머리카락 일부가 삐죽 솟아 있어서 별명이 '발아현미'였다.

하세베는 지금 가엾을 만큼 볼이 상기돼 있었다.

하세베가 여자애한테 억지로 고백하게 만들고 거절당하면 놀리는 장난.

고백의 대상은 교실에 있는 여자애라면 누구라도 상관없다. 하세베가 정말로 좋아하는지도 중요하지 않다.

중요한 것은 결과다.

저 애들은 여자애한테서 차갑게 거절당한 뒤 얼굴을 빨갛게 붉히는 하세베의 모습을 보고 싶을 뿐이다.

남자애들, 그만 좀 해!

그렇게 말할 수 있는 여자애는 아무도 없었다. 각자

불안한 시선으로 주변 여자애들과 하세베를 바라볼 뿐
이었다.

하세베가 나한테 오면 어쩌지?

속으로 다들 그렇게 생각하고 있다는 걸 느낄 수 있
었다.

"빨리 가, 발아현미!"

남자애들이 등을 떠밀자 하세베가 휘청거리며 걸음
을 옮겼다. 그대로 미아처럼 교실을 서성거렸다. 여자애
몇몇은 노골적으로 하세베를 피하기도 했다.

하세베는 불안한 발걸음으로 이리저리 헤맸다.

하세베가 자기 옆을 지나칠 때마다 여자애들은 안도
하며 몸을 축 늘어뜨렸다.

이윽고.

"저기…."

창가 맨 뒷줄에 앉아 있는 여자애… 내 앞에서 하세
베가 멈춰 섰다.

"아…."

귀까지 벌게진 하세베가 목소리를 쥐어짜 냈다.

"저기…."

교단에 있는 남자애들이 히죽히죽 웃음을 터뜨렸다.

주변에 있는 여자애들은 동정 어린 눈으로 나를 쳐

다봤다.

나는 하세베에게 감탄했다.

제법이네. 나에게 고백한다면 그 누구도 진심으로 여기지 않을 것이다. 평범한 '고백 놀이'일 뿐이라고 받아들이겠지. 피차 최소한의 상처만 입을 것이다.

"할 거면 어서 하지? 난 괜찮으니까."

다른 남자애들이 듣지 못하도록, 내가 조그만 목소리로 말했다.

그 말에 하세베가 안도했는지, 체념했는지는 잘 모르겠다.

"세, 세노오."

서글플 만큼 떨리는 목소리로 하세베가 말했다.

"조… 좋아해."

당신이 거짓말을 들을 횟수는
앞으로 122만 7734번 남았습니다.

"어?"

너무나 놀라웠다. 내 반응이 '괜찮은 연출'이 됐는지 교단 쪽에서 깔깔대는 소리가 터져 나왔다.

"현미, 목소리가 너무 작다!"

"어럽쇼, 저거 반응이 묘한데?"

"또 해! 또 해봐!"

남자애들이 떠들어댔고, 여자애들은 침을 삼키며 조용히 지켜봤다.

하세베는 울먹이며 "미안" 하고 웅얼거린 뒤 숨을 크게 들이마셨다.

"나, 세노오 좋아해."

당신이 거짓말을 들을 횟수는
앞으로 122만 7734번 남았습니다.

어째서….

어째서 숫자가 줄어들지 않지?

나는 일어섰다. 하세베의 고백에 답하지 않고 아무 말 없이 교실을 빠져나갔다.

"아아, 하세베! 세노오한테도 차였냐?"

남자애들이 하세베를 놀리는 소리가 들렸다.

그래도 나는 교실로 돌아갈 수 없었다.

＊　＊　＊

나는 음산한 체육관 뒤편에서 무릎을 감싸안고 앉아 있었다.

좋아해.

하세베가 나에게 그렇게 말했을 때 숫자는 줄어들지 않았다.

다시 말해 하세베의 고백은 거짓이 아니었다.

"농담이지?"

메마른 땅에 대고 중얼거렸다.

체육관에서 교사의 목소리에 이어 학생들이 일제히 발을 구르기 시작했다. 실내화와 마룻바닥이 스칠 때 나는 독특한 고음이 들린다. 준비운동 중인가? 나는 멍하니 생각했다.

수업 시작종이 울렸지만 차마 교실로 돌아갈 용기가 나지 않았다. 그렇다고 책가방을 내버려둔 채 집으로 돌아갈 배짱도 없었다.

나는 무릎에 얼굴을 묻고 그저 시간이 지나가길 기다렸다.

거짓말을 듣는 건 아무렇지도 않고, 모욕을 당하는 건 일상다반사다.

그런 내게 숫자가 줄어들지 않는 호의적인 말은 익숙하지 않았다.

"빨리 해가 졌으면…."

내 작은 소망은 매미 울음소리에 지워졌다.

여기서 죽치고 있다가 방과 후에 교실로 가서 가방을 챙겨야지. 담임이 물으면 깜빡 잠이 들어버렸다고 대답하지, 뭐.

하세베와는 마주치고 싶지 않다.

바로 그 순간.

"세, 세노오."

등 뒤에서 하세베의 목소리가 들렸다.

눈치도 어지간히 없네.

그렇게 말해주고 싶었지만 내 입에선 다른 말이 나왔다.

"어떻게 내가 여기 있는 걸 알았어?"

"아, 알았다기보단 찾아다녔는데 말이야. 그게… 오늘은 더우니까 교실에 없으면 어디 그늘을 찾아가지 않았을까 싶었어…. 눈에 띄지 않는 곳이나…."

똑 부러지지 못한 대답이었다.

"흐음."

나는 별다른 대꾸 없이 고개도 들려 하지 않았다.

하세베가 조심스럽게 입을 열었다.

"세노오, 저기… 아까는 미안했어."

"…뭐가?"

"나 같은 놈한테 그런 소릴 들었잖아. 많이 불쾌하진 않았는지… 반 친구들 앞에서 창피당하게 해서, 저기… 사과하고 싶어서."

나는 그냥 웃었다.

반 아이들 앞에서 창피당한 건 너잖아.

혼자서 몰래 좋아하던 여자애한테 다들 보는 앞에서 고백했는데 그 여자애가 교실에서 달아나 버렸다. 그야말로 최악의 상황이 아니었을까.

내가 교실을 나간 뒤에 하세베는 놀림을 받았을 것이다.

교단에서 왁자지껄 떠들어대는 남자애들을 떠올리기만 해도 구역질이 날 것 같았다.

"…나야말로 미안해."

"어?"

"그때 내가 대응을 잘해야 했는데. 하세베한테 불쾌한 기억을 남겨준 것 같아."

그러자 "그렇지 않아!" 하고 하세베가 불쑥 말을 내뱉었다.

"세노오는 잘못한 거 하나도 없어! 나, 나 같은 놈이 저기… 세노오를 울려서."

"어?"

나는 비로소 고개를 들었다. 얼굴이 빨개진 하세베와 눈이 마주쳤다.

"어, 어?"

하세베가 어이없다는 듯한 표정을 지었다.

"영락없이 우는 줄 알았는데…."

"난 그런 일로 울지는 않는데…."

습기를 머금은 바람이 불어오자 주변을 덮은 잡초들이 수런거렸다.

나와 하세베는 한동안 침묵했다. 침묵은 그리 오래가지 않았다.

"후후후…."

하세베와 나는 그냥 웃었다. 그제야 긴장이 좀 풀렸는지 하세베가 몸에서 힘을 뺐다.

"맞아. 저기, 이거."

하세베가 어깨에 메고 있던 책가방에서 캔커피 두 개를 꺼냈다. 하나는 블랙커피, 다른 하나는 카페오레였다.

"사과하는 의미로 주는 거야. 미지근해지긴 했지만…."

"아니, 됐어."

"아, 그렇게 말하지 말고!"

하세베가 캔커피 두 개를 나에게 떠밀었다. 나는 카페오레를 고른 뒤 블랙커피를 하세베에게 돌려줬다.

"저, 저기, 그럼 난 이만…."

내가 카페오레를 받아서 만족스러운지 하세베는 이만 자리를 뜨려고 했다.

"하세베, 교실로 돌아갈 거야?"

나는 진짜 궁금해서 물었다.

"어? 아니… 교실로 가긴 좀 민망해서 이 근방에서 커피나 마시며 시간 좀 죽이려고."

당신이 거짓말을 들을 횟수는

앞으로 122만 7733번 남았습니다.

숫자가 줄었다.

교실로 돌아가지 않는다. 커피를 마시며 시간을 보낸다.

이 말의 어딘가에 거짓말이 섞여 있다.

나는 또 물었다.

"하세베, 블랙커피 마실 줄 알아?"

"엇, 아, 응. 당연히 마실 줄 알고말고. 나 블랙커피 좋아해."

당신이 거짓말을 들을 횟수는
앞으로 122만 7732번 남았습니다.

"하세베는 참 시답잖은 거짓말을 하네."

"엇?"

하세베의 눈이 동그래졌다.

나는 카페오레 캔을 하세베에게 내밀었다.

"내가 블랙 마실게. 바꿔."

"엇, 하지만."

"난 블랙도 좋아해. 마음이 바뀐 것뿐이야."

하세베는 잠시 당황하다가 결국 나에게 블랙커피 캔을 건넸다.

"그럼 둘 다…."

나는 그 말을 끊어내며 카페오레를 하세베에게 떠밀었다.

"왜 마시지도 못하는 블랙커피를 사 온 거야?"

내 말에 하세베는 눈썹을 여덟 팔 자처럼 내리고 웃었다.

"세노오 취향을 몰라서. 그리고…."

"그리고?"

"세노오는 어른스러우니까 커피도 블랙을 좋아하지

않을까 싶어서. 내가 생각해도 참 웃기는 편견이네."

하세베가 머리를 긁적였다.

"어쨌든 세노오는 정말 어른스러워. 다른 애들이랑은 다르다고 해야 할까, 음… 그런 부분이."

공기를 가르는 듯한 호각 소리가 체육관에서 들려왔다. 하세베가 "히익" 하고 작게 비명을 질렀다.

"아, 아무것도 아냐. 그럼 이만."

허름한 책가방을 안고 하세베가 달려 나갔다. 나처럼 갈 곳을 잃었으면서 이제 어디로 가려나?

나는 캔커피 고리에 손가락을 걸고 당겼다. 그리고 미지근한 커피를 한 모금 입에 머금었다.

"…별종."

무심코 그 한마디가 새어 나왔다.

하세베와 함께 나도 어디론가 가버렸으면 좋았을까?

그렇게 생각하는 나도 상당한 별종인 게 틀림없었다.

✳ ✳ ✳

하세베는 생각보다 훨씬 심한 거짓말쟁이였다.

"나 블랙커피 마실 수 있게 됐어."

"흐음, 맛있어?"

176

"물론이지. 요즘엔 블랙커피가 최고야."

당신이 거짓말을 들을 횟수는
앞으로 122만 7669번 남았습니다.

"마실 수 있다는 말은 진짜지만, 사실 맛있진 않지?"

"어떻게 알았어?"

눈앞에서 뜨거운 커피를 마시던 하세베가 혀를 내밀고 인상을 찌푸렸다.

나는 내 앞으로 나온 설탕과 우유를 하세베에게 건넸다.

"왜 그런 시답잖은 거짓말을 할까?"

"멋있잖아. 블랙커피 마실 줄 아는 남자가."

"멋있어 보이고 싶니?"

"그야 멋있어 보이면 좋지. …있으니까."

뒷말은 기어들어 가는 목소리로 중얼거렸다. 나는 일부러 되물었다.

"못 들었어. 뭐라고?"

"아무것도 아냐! 얼른 공부나 하자."

하세베의 귀가 빨갛게 물든 것을 보고 나는 키득 웃었다. 사실은 다 들었다.

그야 멋있어 보이면 좋지. 좋아하는 여자애가 앞에 있으니까.

그런데 숫자는 줄어들지 않았다. 그 사실이 무엇보다도 좋았다.

여름방학 전의 그 사건을 계기로 하세베와 나는 마음을 조금 터놓는 사이가 됐다. 이제 우리는 이따금 만나 공부도 함께 하곤 했다.

처음에는 도서실에서 우연히 딱 맞닥뜨렸고, 자연스레 옆자리에 앉게 됐다.

그러다 다음에는 푸드코트에서 만나기로 했다.

하세베가 어려워하는 과목을 내가 잘했고, 내가 어려워하는 과목은 하세베가 잘했다. "그럼 서로 알려주면 되겠네!" 하고 먼저 말을 꺼낸 쪽이 누구였더라? 잘 모르겠다. 그냥 정신을 차리고 보니 어느새 함께 공부하는 사이가 되어 있었다.

처음에는 아이들이 우리에 대해 이러쿵저러쿵 떠들어대더니 이윽고 관심을 끄기 시작했다. 나와 하세베가 부끄러워하지 않으니 애들도 놀리는 재미가 없어진 거였다.

내가 많이 편해졌는지 요즘 하세베는 얼굴을 덜 붉혔다.

"애들이 무슨 말을 하든 상관없어. 졸업하면 다 끝인데 뭘."

내가 이런 말을 하자 하세베는 "나도 그렇게 생각하려고"라며 웃었다.

"이제 조금만 있으면 졸업이니까."

이 말이 나와 하세베의 입버릇이었다.

좋은 의미로든, 나쁜 의미로든.

"…단 걸 먹고 싶어."

나는 지우개 가루를 모으며 말했다.

푸드코트에는 아이스커피, 크레이프, 도넛 같은 매력적인 음식이 넘쳐났다. 나는 가방에서 지갑을 꺼냈다.

"나 간식 좀 사 올게. 너도 뭐 먹을래?"

"어… 아니, 나 단 거 안 좋아해."

영어 문장을 읽고 있던 하세베가 기어들어 가는 목소리로 대답했다.

당신이 거짓말을 들을 횟수는
앞으로 122만 7668번 남았습니다.

"왜 그런 시답잖은 거짓말을 하는 거야?"

"윽."

하세베가 목에 뭔가 걸린 것 같은 목소리를 냈다.

"어… 블랙커피 좋아하고 단 걸 싫어하는 남자가 멋지지 않아?"

"별로. 음식 취향에 멋이 있고 없고가 어디 있어?"

내 말을 듣고 하세베는 고개를 푹 숙였다.

"그래서? 하세베는 간식 먹을 거야, 말 거야?"

나는 지갑을 확인하며 물었다.

결국 하세베는 일어서며 대답했다.

"나, 크레이프."

"그거 좋네. 나도 크레이프나 먹을까? 말차 들어간 걸로."

"난 캐러멜 소스 끼얹은 초콜릿 브라우니랑 휘핑크림 듬뿍 얹은 바닐라 아이스크림이 들어간 걸로."

"그렇게 단 걸 좋아하면 처음부터 그렇게 말하지 그랬어."

내가 웃으며 말하자 하세베는 토라진 아이처럼 고개를 홱 돌렸다.

"난 멋있고 중후한 남자를 동경한단 말이야."

"거짓말쟁이는 멋없어 보이거든, 난."

우리는 담소를 나누며 크레이프 가게로 향했다. 도중에 하세베가 불쑥 말을 흘렸다.

"중학교 졸업하면 세노오랑 크레이프 먹을 일도 없게 될까?"

…나는.

"만나고 싶니?"

"어…?"

"졸업하고 나서도 나랑 만나고 싶어?"

하세베가 뭐라고 대답할지 알면서도 나는 물었다.

"…만나고 싶어."

하세베를 시험하기 위해서. 혹은 확인하기 위해서.

"앞으로도 쭉 만나고 싶어."

나는 하세베가 내게 호감이 있다는 투의 말을 할 때 숫자가 줄어드는지 아닌지 기회만 생기면 시험했고, 그때마다 행복과 불안에 휩싸였다.

＊　＊　＊

고등학생이 되고 나서도 하세베는 시답잖은 거짓말만 했다.

"올해 핼러윈 때 좀비들이 이 테마파크를 활보하고 다닌대."

"흐음."

"핼러윈 때 또 둘이서 올까?"

"하세베, 좀비 같은 거 안 무서워?"

"전혀. 그런 걸 보고 무서워한 적이 없네요."

당신이 거짓말을 들을 횟수는
앞으로 121만 5301번 남았습니다.

"그런 거짓말은 이제 적당히 좀 하지?"

"이상하네. 왜 매번 들키지?"

하세베의 시답잖은 거짓말은 계속 이어졌다.

둘이서 테마파크에 간 뒤에도, 서로 손을 잡고 난 뒤에도, 나를 '세노오'가 아니라 '하루카'라고 부르게 된 뒤에도.

하세베의 시답잖은 거짓말은 계속 이어졌다.

하지만.

"아, 지갑!"

하세베가 하수구 옆에 떨어져 있던 브랜드 지갑을 주웠다. 남성용 장지갑으로 척 봐도 두툼해 보였다.

"이거 쓰레기 아니지?"

하세베가 내용물을 확인하고 빛의 속도로 다시 닫았다. 아무래도 상당한 거금이 들어 있는 모양이었다.

"시, 신고해야 돼. 얼토당토않은 걸 주웠어!"

"…하세베."

유실물을 줍고 안절부절못하는 하세베에게 나는 일부러 물었다.

"길바닥에 떨어져 있는 지갑을 보고 신이 내려준 선물이라는 생각은 안 들어?"

"어?"

"그런 사람 제법 많잖아. 내용물만 빼가는 사람, 지갑째로 슬쩍하는 사람 등등. 혹시 누가 묻더라도 난 그런 거 본 적 없다고 오리발 내밀면 그만이잖아."

그러자 하세베는 불쾌한 표정을 짓고 단언했다.

"난 절대로 그런 짓 안 해."

"…"

"이걸 떨어뜨린 사람은 얼마나 당황스럽겠어? 그걸 알면서 아싸, 공돈이다! 하고 슬쩍하는 사람 심리를 이해할 수 없어. 그런 돈 가져봤자 찜찜하기만 해. 난 당장 신고할래."

당신이 거짓말을 들을 횟수는
앞으로 121만 5301번 남았습니다.

"그래. 다행이다."

숫자가 줄어들지 않는 것을 보고 나는 미소 지었다.

하세베는 테마파크 지도를 펼치고 안내소를 향해 걷기 시작했다.

"하루카, 가끔 날 시험하고 있지?"

하세베가 지도를 쳐다보며 물었다.

"그럴지도."

"내가 거짓으로 말하나, 진심으로 말하나 시험하는 거야?"

"만약에 진짜 시험했다면 진즉에 헤어졌을 텐데? 하세베는 정말로 시답잖은 거짓말만 하잖아."

내가 웃으며 말했다.

"하긴, 그런가? 그럼 거짓말하는 사람을 싫어하는 건 아니겠네?"

"… 세상에 거짓말을 전혀 하지 않고 살아가는 사람은 없잖아."

"그럼 하루카는 어떤 사람을 싫어해?"

나는 하세베의 두 눈을 쳐다봤다.

"남에게 상처 주는 거짓말을 하는 사람."

하세베는 언제나 시답잖은 거짓말만 했다.

남에게 상처 주는 거짓말은 결코 하지 않았다.

* * *

대학생이 되자 하세베와 나는 각자 자취를 시작하게 되었다.

서로 다른 대학에 진학하긴 했지만 우리의 관계는 변함이 없었다. 다행히 내 집과 하세베의 집은 겨우 세 정거장 떨어져 있어서 서로의 집에도 자주 드나들었다. 내가 하세베의 집에서 자고 오기도 했고, 하세베가 내 집에서 함께 자기도 했다.

어지간히 죽이 잘 맞는지 우리는 지금까지 바람을 피운 적도, 헤어지자는 말을 꺼내본 적도 없었다. 가끔은 다투기도 했지만 겨우 하루, 길어야 사흘 안에는 화해하는 수준이었다.

중학교 때 우리를 놀렸던 애들도 어느새 다른 의미로 우리를 놀리게 됐다.

그리고 하세베는 여전히 시답잖은 거짓말을 했다.

"하세베, 요리 다 됐으니 식탁으로 좀 옮겨줘."

"저기요! 이제는 하세베 말고 다른 호칭으로 좀 불러주면 안 될까?"

하세베가 떨떠름한 표정으로 말했다. 나는 어깨를 들먹였다.

당신이 거짓말을 들을 횟수는 앞으로 122만 7734번 남았습니다   185

"싫어. 나는 하세베가 입에 붙었어."

"아무리 그래도… 결혼하면 너도 하세베가 된다고."

"어? 우리, 결혼해?"

"뭐? 아니, 예를 들면 그렇다는 거지. 아직 결혼 따윈 요만큼도 생각해 본 적 없어."

**당신이 거짓말을 들을 횟수는
앞으로 117만 5888번 남았습니다.**

"진짜? 1밀리미터쯤은 생각해 본 적 있지 않아?"

"윽. 뭐, 저기, 대학 졸업하고 취직한 뒤에 생활이 안정되면… 요만큼은 해봤지. 그래도 몇 년 뒤의 일이고… 아직은 학생이잖아."

"오호?"

"아, 진짜, 이 얘기는 끝!"

하세베가 반쯤 절규했다.

나는 실실 웃으며 햄버그스테이크 접시를 하세베의 손에 건넸다.

"우아, 지난번 것보다 더 맛있어 보이네!"

하세베가 접시를 든 채 말했다.

"너무 구워서 작아져 버리긴 했지만."

"그래도 지난번의 검댕 스테이크보다는 이게 단연코 맛있어 보여. 그때 건 최근에 발견됐다는 암흑물질 같았거든…."

"이제 그런 건 거짓말을 안 하네?"

"하루카한테 거짓말해 봤자 금세 들통나잖아. 어느 정도는 본심이나 속내를 털어놓기로 했어."

하세베가 햄버그스테이크 접시를 식탁으로 옮겼다. 나는 입꼬리를 올리고 한숨을 한 번 내쉬었다.

하세베, 나 좋아해?

언젠가부터 나는 그런 질문을 하지 않게 됐다.

굳이 물어보지 않더라도 하세베에게 사랑받고 있다는 절대적인 자신감을 갖게 됐으니까.

하지만 동시에 '숫자가 줄어들까 봐' 걱정스러웠다.

하세베를 좋아하면 좋아할수록, 함께한 시간이 길어지면 길어질수록.

하세베가 내뱉는 좋아한다는 말의 진위를 판별할 수 있는 이 능력이 몹시도 두려웠다.

※　※　※

"요즘 이상하게 통 먹질 못하겠어."

막 대학교 4학년이 됐을 때 하세베가 갑자기 그런 말을 했다.

회전초밥집 접시를 탑처럼 쌓아놓은 나는 입을 쩍 벌렸다.

하세베는 고작 세 접시만 먹었다. 디저트도 손을 대지 않았다. 평소에 거의 스무 접시나 먹던 하세베가.

"다이어트?"

먹지 못하겠다는 말을 무시하고 나는 무심코 놀려봤다. 하세베가 고개를 가로저었다.

"위장이 좀, 여하튼 뱃속이 계속 더부룩해."

"내 요리를 너무 자주 먹어서 위가 탈이 났나?"

"아무래도 그건 아닌 것 같은데."

하세베가 창백한 얼굴로 히죽 웃었다.

웃긴 했지만 하세베가 평소에 먹는 양을 생각하면 세 접시는 너무 적다. 아이스크림이라도 먹으라고 했더니 속이 좋지 않다며 거절했다.

"스트레스 때문인가?"

하세베가 명치 부근을 문지르며 말했다.

요즘 우리 둘은 취업 설명회다, 면접이다 하며 구직 활동을 하느라 여념이 없었다. 하세베는 그런 활동에 적극적인 성격도 아니고, 그룹 토론이나 면접에 능숙한 편도 아니었다. 그러니 스트레스가 쌓일 만도 했다.

"병원에 한번 가보지 그래?"

나는 감기에 걸린 사람에게 권하듯 가벼운 투로 말했다.

"으음, 그래야겠지…. 돈은 별로 없지만."

"우리 엄마도 스트레스 때문에 식욕이 떨어진 적이 있었는데, 병원 가서 약을 받아 왔더라고."

"내키지는 않는데…."

"그런 소리 하지 말고. 아이스크림이나 크레이프를 먹을 수 없는 인생을 살 수 있겠어?"

"그건 불가능."

즉답이었다. 하세베가 웃어 보였다.

"어서 병원 가서 치료받고 와. 다 나으면 내가 크레이프라도 사줄 테니까."

"캐러멜 소스 끼얹은 초콜릿 브라우니랑 휘핑크림 듬뿍 얹은 바닐라 아이스크림이 들어간 걸로?"

"거기에다 과일 토핑까지 올려도 괜찮아."

"그것참, 기대되네. 그럼 조만간 병원에 다녀오도록 할게."

"예, 예. 난 크레이프 사줄 돈이나 모아둬야겠다."

나는 그렇게 말하고 내가 먹을 바닐라 아이스크림을

주문했다.

　병원에 가라고 권한 지 일주일이 지났다. 그동안 하세베는 연락을 하지 않았다.

　연락 두절은 아니었다. 내가 문자를 보내면 꼬박꼬박 답장이 오긴 했다.

　— 하세베, 내일 만날 수 있어?

　— 미안. 오전엔 강의, 오후엔 면접, 저녁부턴 알바 있거든.

　— 그래? 아쉽네. 그나저나 병원엔 가봤어?

　— 아직. 바빠서.

　— 빨리 좀 다녀와.

　가버렸다.

　마치 관공서에라도 다녀오라는 것처럼 말했다. 빨리 해야 하는 신고를 미루고 있어서 찜찜한 기분이라는 듯이, 하지만 늦게 하더라도 목숨에 지장 있거나 한 일은 아니라는 듯이.

　남자 친구니까 매일 하세베와 연락하고 싶다든가, 못해도 일주일에 한 번은 만나고 싶다든가 하는 생각은 딱히 들지 않았다. 나도 매일 바쁜 생활에 쫓기고 있었고, 또 홀로 보내는 시간이 익숙하기도 했다.

— 맛있어 보이는 케이크 뷔페를 발견했어. 몸 좀 괜찮아지면 같이 가자.

어째서 나는 이렇게 가볍게 말한 걸까?

식욕이 줄어드는 건 누구나 경험하는 일이니까.

하세베는 아직 젊으니까.

죽을 리가 없으니까.

조금도 걱정이 되지 않은 건 아니었다. 다만 상상이 되지 않았다.

'약을 처방받아 먹었더니 순식간에 나았어' 하고 웃으며 나타난 하세베와 함께 크레이프를 먹는다. 그 이외의 상황은 도무지 상상할 수 없었다.

* * *

— 저녁에 그쪽으로 갈게.

마지막으로 하세베를 만난 지 2주가 지났을 때, 내가 먼저 문자를 보냈다.

그날은 기업설명회에 가야 했는데 설명회장이 마침 하세베의 집에서 가장 가까운 역 근처에 있었다.

간 김에 얼굴이나 보자는 가벼운 마음으로 문자를 보냈다.

— 알바 중이면 내가 여벌열쇠로 문 열고 들어갈게.

간소한 문장으로 용건을 전하고 스마트폰을 껐다.

설명회에서는 거의 똑같은 옷차림을 한 학생들이 모두 스크린을 보며 회사에 대한 설명을 들었다. 나 역시 마찬가지였다. 제과회사여서 '시식 겸 선물'이라며 과자도 몇 개 나눠줬다.

두 시간 뒤 설명회가 끝나자마자 스마트폰을 켰다.

메신저를 확인했다. 하세베는 분명 내 문자를 확인한 것 같은데 답장은 없었다.

"별일이네."

무심코 중얼거렸다.

하세베는 바로 답장하지 않으면 직성이 풀리지 않는 성격이었다. 내가 답장할 필요 없다며 보낸 문자에도 꼭 답장을 보냈다. 최근에는 '알겠슴다!'라는 멘트가 딸린 개 이모티콘을 자주 썼다. 그런데 오늘은 그것조차 보내지 않았다.

알바 중에 짬 내서 잠깐 문자 확인만 한 건가? 답장할 시간이 없었나?

나는 적당히 생각하고 하세베의 집으로 향했다.

혹시 몰라서 우선 인터폰을 누른 다음 가방에서 여벌열쇠를 꺼내….

"…오랜만이야."

하세베가 문을 몇 센티미터 열고 얼굴을 내비쳤다.

"어… 오늘 알바하는 날 아니었어?"

"응."

문틈 사이로 하세베가 웃었다. 나는 마치 문전박대 당하고 있는 신문사 영업사원이 된 기분이었다.

"일단, 안으로 들어가도 될까?"

"…응."

"혹시, 저 안에 바람 상대라도 있는 건 아냐?"

"아니."

하세베의 대답이 거짓이 아니라는 걸 알고 나는 안도했다.

나는 내 집에 온 듯 하세베의 집 소파에 몸을 부렸다. 정장이 구겨질 거라는 걸 알면서도 실내복으로 갈아입는 게 귀찮아 하릴없이 시간만 보냈다.

그사이 하세베는 무슨 영문인지 방 안을 어슬렁거렸다. 동물원에 갇혀 불안해하는 육식동물처럼.

"아까부터 왜 그렇게 어슬렁거리고 있어?"

"…아니, 아무것도 아냐."

하세베는 애써 평온한 표정으로 내 맞은편에 앉았다. 융단도, 무엇도 깔려 있지 않은 맨마룻바닥에.

"왜 바닥에…. 옆에 앉지 그래?"

"아냐, 됐어."

하세베의 목소리에 단호한 기색이 엿보였다.

나는 그런 모습에 의아해하면서도 문득 과자 생각이
나서 물었다.

"참, 아까 설명회에서 과자 나눠주더라고. 먹을래?"

먹는다고 대답할 줄 알았다.

하지만 대답이 없었다.

"안 먹어?"

"응."

"설마 아직도 몸이 안 좋아? 병원에 갔어?"

"갔어. 별거 아니래."

당신이 거짓말을 들을 횟수는
앞으로 115만 296번 남았습니다.

하세베가 거짓말을 했다.

나는 놀란 눈으로 하세베를 쳐다봤다. 불면증에 시
달렸는지 눈 밑이 거멓게 번져 있었고, 2주 전보다 약간
수척해 보였다. 그래도 중병에 걸린 사람처럼 보이진 않
았다.

…거짓말이지?

시야에 있는 숫자가 틀렸기를 바랐다.

하지만 이 숫자가 틀린 적은 단 한 번도 없었다.

"하세베…."

"저기, 하루카…."

하세베가 내 말을 끊고 들어왔다.

"…우리 그만 헤어지자."

의심도, 의문도, 걱정도.

그 모든 것을 거부하는 듯한 강한 어조였다.

"…무슨 소리야?"

내 입에서 겨우 나온 말은 그것뿐이었다.

헤어지자는 말이 무슨 의미인지는 잘 안다.

내가 듣고 싶은 말은 그게 아니었다. 하세베 역시 그런 나를 모르는 게 아니었다.

하세베는 미리 생각해 뒀을 이유를 입에 올렸다.

"하루카 말고 좋아하는 여자가 생겼어."

당신이 거짓말을 들을 횟수는
앞으로 115만 295번 남았습니다.

"요즘 줄곧 그 여자를 만났어. 하루카랑 만나지 않았

던 동안에….”

당신이 거짓말을 들을 횟수는
앞으로 115만 294번 남았습니다.

“알바한다고 둘러댔던 날에도 그 여자랑 있었어.”

당신이 거짓말을 들을 횟수는
앞으로 115만 293번 남았습니다.

“왜 거짓말을 해?”

나는 고통스러워하는 하세베에게 물었다.

“거짓말 아냐.”

그 말에 또다시 숫자가 줄어들었다.

이상한 거짓말 하지 마. 오늘 만우절도 아니잖아.

나는 이렇게 대꾸했을 것이다.

하세베가 병에 걸렸다는 사실을 몰랐다면.

“헤어지고 싶은 이유가 정말 그뿐이야?”

나는 고개를 떨구고 대답을 기다렸다.

이 물음에만큼은 사실을 말해주길 바랐다.

진실을 말해준 뒤에 헤어지자고 했더라면 나는 다른

말을 할 수 있었다. 다른 길을 찾을 수 있었다.

그러나.

"그리고…."

하세베는.

"하루카, 네가 싫어졌어."

당신이 거짓말을 들을 횟수는
앞으로 115만 291번 남았습니다.

"이제 진절머리가 나."

당신이 거짓말을 들을 횟수는
앞으로 115만 290번 남았습니다.

하세베는 나에게 진실을 털어놓는 길을 선택하지 않았다.

말할 때마다 줄어드는 숫자가 모든 걸 알려줬다.

하세베가 중병에 걸렸다는 것을.

그래서 헤어지자는 말을 꺼냈다는 것을.

내가 걱정할까 봐 자기가 병에 걸렸다는 사실을 일절 함구하려 한다는 것을.

하세베가 아직 나를 좋아한다는 것을.

나는 숫자 때문에 모두 알아차리고야 말았다. 그래서 할 말을 잃었다.

헤어지기 싫다고 울고불고하며 매달려야 하나?

어떻게 해서든 하세베의 입에서 병에 걸렸다는 소리가 나오도록 따져야 하나?

배신당한 여자로서 원망하는 척해야만 하세베의 마음이 후련해질까?

"으…."

어찌할 바를 몰라 나는 비틀거리며 일어섰다. 눈앞이 뿌예졌다. 그대로 현관까지 걸어갔다.

현관문이 닫히기 직전에 하세베가 "미안" 하고 중얼거렸다.

숫자는, 줄어들지 않았다.

* * *

하세베는 예전부터 허구한 날 거짓말을 했다.

블랙커피를 좋아한다느니, 단것을 싫어한다느니, 좀비가 무섭지 않다느니.

언제나 시답잖은 거짓말, 상처 주지 않는 거짓말.

하지만.

오늘 하세베는 내게 상처 주는 거짓말을 했다.

네가 싫어졌어. 이제 진절머리가 나.

나를 위해서, 나뿐만 아니라 자신에게도 상처를 입히는 거짓말을 했다.

"…거짓말쟁이."

탁자에 얼굴을 묻은 채 나는 중얼거렸다.

집 안은 습기가 가득해서 빈말로라도 쾌적하다고 할수 없었다. 옆에 놔둔 추하이 캔에서 작은 거품이 터지는 소리가 띄엄띄엄 들렸다.

"거짓말쟁이."

나는 캔을 단숨에 비워내고 탁자 구석에 쾅 내려놨다. 쓰레기가 또 하나 늘었다.

편의점 봉투에서 새 캔을 꺼내고 코를 훌쩍였다.

"내가 남한테 상처 되는 거짓말 하는 사람을 싫어한다고 전에 분명히 말했는데."

여기까지 말하고 비로소 깨달았다.

하세베는 정말로 우리의 관계를 정리할 생각이다.

좋아하는 여자가 생겼다는 말을 내가 진짜라 믿고 받아들인다면 우리의 관계는 파국이다.

그 말이 거짓임을 알고 받아들이지 않더라도 어쨌든

하세베는 '남에게 상처 주는 거짓말'을 한 셈이다.

어느 쪽을 택하든 나는 하세베를 싫어하게 된다.

하세베는 어쩌면 애초부터 이런 결과를 의도했던 게 아닐까?

"이 바보 멍청이!"

마시려고 했던 추하이를 내던지고 다시 탁자에 얼굴을 묻었다.

거짓말을 듣는 건 이제 익숙해진 줄 알았다.

거짓말을 듣고 배신당했다며 울어본 적도 없었다.

다만 스스로 악역이 되고자 내뱉은 거짓말을 들은 건 이번이 처음이었다.

미안.

하세베는 거짓말쟁이였다.

그리고 나는 그런 하세베에게 의지하고 있었다.

하세베가 나에게 보냈던 호의만은 결코 거짓이 아니었으니까.

주변 사람이 내뱉은 거짓말에 상처받고, 사람에 대한 의심과 불안에 시달리더라도.

하세베는 나에게 좋아한다고 말해줬다. 언제나 나는 그 한마디에 위안을 받았다.

…그런데도 이때껏 나는 하세베에게 아무것도 보답

해 주려 하지 않았다.

보금자리. 웃음. 시간. 신뢰.

받을 수 있는 건 다 받아놓고 아무 말 없이 하세베에게서 떨어져 있었다.

나를 좋아한다는 말을 듣고 교실에서 뛰쳐나갔던 그날처럼.

"…바보."

어째서 하세베는 이런 여자에게 반한 걸까?

코를 훌쩍이다가 고개를 들었다. 자취방에는 나 말고 아무도 없었다. 혼자라는 것, 평소에는 당연하게 여겼던 그 사실을 지금은 도무지 받아들일 수가 없다.

시답잖은 거짓말을 하며 웃는 하세베가 이곳에 없다는 사실이 서글프다.

"바보는 바로 나였나?"

나는 웃었다.

하세베가 끝까지 거짓말을 할 작정이라면.

나도 각오를 굳히자.

눈을 비비고 빈 캔에 파묻혀 있는 스마트폰을 찾았다. 바탕화면으로 설정해 둔 하세베의 웃음을 보면 또 울음이 터질 것 같아 곧바로 메신저를 켰다.

—여벌열쇠 돌려줄 테니 역 앞 분수대로 나와.

무뚝뚝한 문장을 보낸 다음 하세베 집의 여벌열쇠를 챙겼다.

＊　＊　＊

분수대 앞 벤치에 앉아 하세베를 기다렸다.

역 앞에는 행인들이 드문드문 보였다. 제각기 뭔가에 쫓기듯 걷고 있었다. 이자카야에서 나온 직장인들이 헤어짐을 아쉬워하며 대화를 나누고 있었다.

또 한잔합시다. 예, 다음에. 다음엔 초밥이라도 먹읍시다. 그거 좋네요. 조심해서 가요. 부인께 안부 전해주시고. 네, 저도요….

좀처럼 끝나지 않는 작별 인사를 보며 훗 하고 웃었을 때였다.

"하루카."

하세베가 숨을 헐떡이며 내 앞에 섰다.

"…늦었잖아."

고개를 들었다. 하세베는 내 얼굴을 본 순간 주춤하고 말았다.

굳이 말해주지 않아도 내 얼굴이 지금 얼마나 볼썽사나운지는 잘 안다. 아까 전부터 먼발치서 내 얼굴을 힐끔거리는 남자가 있었을 정도다.

"하루카, 저기….."

"옆에 앉아. 5분이면 돼."

나는 비어 있는 자리를 가볍게 두드렸다.

하세베는 뭔가 말하고 싶은 눈치였지만, 이윽고 말 없이 자리에 앉았다.

그 뒤로 한동안 나는 입을 열지 않았다.

하세베에게는 바늘방석 같은 시간일 것이다. 하세베는 민망한지 이따금 분수를 힐끔힐끔 돌아봤다.

곤혹스러워하는 하세베를 더는 볼 수 없어서 나는 간신히 입을 열었다.

"하세베, 여기 오고 싶지 않았지?"

"어?"

"여벌열쇠 때문이긴 하지만 진절머리 나는 여자가 나오라고 한 거잖아. 실은 나오기 싫었지?"

하세베가 입술을 꾹 깨물고는 고개를 끄덕였다.

"…응. 싫었어."

"…정말로 이제, 날 좋아하지 않아?"

"응."

당신이 거짓말을 들을 횟수는
앞으로 115만 288번 남았습니다.

"내 옆에 있기조차 싫을 정도로?"

"…응."

당신이 거짓말을 들을 횟수는
앞으로 115만 287번 남았습니다.

"하세베는 진짜 거짓말쟁이구나."

하세베의 귀에 들리지 않도록 나직이 말했다. 눈에 고여 있던 눈물이 무릎 위에 뚝 떨어졌다.

"미안."

거짓말해서 미안하다는 걸까, 아니면 나를 울려서 미안하다는 걸까? 하세베는 애써 내게서 시선을 돌린 채 사과했다.

나는 손등으로 눈을 비빈 뒤 더는 눈물이 흐르지 않도록 고개를 들었다.

"저기, 하세베. 나 결심했어."

"…뭘?"

"하세베가 거짓말할 거라면 난 거짓말하지 않기로 했어. 그러니까 앞으론 솔직하게 말할게."

하세베를 돌아봤다. 언제 혼이 날지 걱정하는 아이처럼 고개를 움츠리고 있었다.

나는 호흡을 가다듬고 최대한 또렷하게 말했다.

"난, 헤어지고 싶지 않아."

하세베가 곧 울음을 터뜨릴 것 같은 표정을 지었다.

"난 헤어지고 싶지 않아. 사실 여벌열쇠도 돌려주고 싶지 않아. …실은 이 지독한 얼굴을 보고 하세베가 날 집으로 데려가 주지 않을까 살짝 기대도 했어."

마지막 말에 하세베가 살짝 웃었다. 나도 웃었지만 아직 할 말이 남아 있었다.

아직.

아직 중요한 말을 하지 않았다.

"하세베."

나는 하세베의 두 눈을 똑바로 바라보고 말했다.

"나, 하세베를 좋아해."

하세베가 수십 번이나 말했던, 혹은 하세베에게 수십 번이나 말하도록 시켰던 그 말을 나는 해본 적이 거의 없었다. 겸연쩍기도 했고, 말하지 않더라도 내 마음을 알아줄 거라 여겼다.

그래도 지금은 소리 내어 말하고 싶었다.

"하세베는 지금껏 내게 많은 걸 줬어. 즐거운 시간, 행복한 시간… 이번에는 내가 하세베한테 그걸 주고 싶어. 지금껏 그래왔던 것처럼 둘이서 함께 시간을 보내자. 하세베를 지금보다 더 행복하게 해주고 싶어."

하세베가 고개를 숙였다. 나는 그래도 눈을 돌리지 않고 말을 이었다.

"설령 무슨 일이 있더라도… 나는 하세베 네 옆에 있고 싶어."

하고 싶은 말은 거의 다 했다.

하세베는 여전히 고개를 숙이고 있었다.

"…역시, 안 될까?"

나는 주머니에 손을 넣어 미지근해진 여벌열쇠를 쥐었다.

하세베가 거절한다면 이 관계를 마무리할 작정이었다. 그게 하세베를 위한 길이니까.

거짓 없이 마음을 전하더라도 끝날 일은 끝나기 마련이다.

내 솔직한 마음을 전했는데도 하세베가 헤어지자고

한다면 받아들일 각오였다. 하지만 그게 현실이 될까 봐 두려웠다. 그래서 처음에 하세베를 부른 뒤 한동안 목소리도 내지 못했다.

침묵이 흐르는 동안 물소리만이 끊임없이 이어졌다.

15초? 30초였을까? 나에게는 한 시간이나 두 시간과도 같은 정적이었다.

"미안."

하세베가 겨우 내뱉은 말은 그것이었다. 나는 슬며시 눈을 내리떴다.

"그렇지? 미안해. 너무 구질구질했어."

"어? 아, 그게 아냐. 거짓말해서 미안하다는 뜻이야."

하세베가 진심으로 미안해하며 말했다.

"좋아하는 여자가 생겼다느니, 하루카가 싫다느니… 전부 거짓말이야."

"응."

그 말에 숫자가 줄어들지 않자 나는 조금 안심했다.

"사실은 나도 계속 하루카 옆에 있고 싶어."

"응."

"다만 하루카가 내 곁에 있어주겠다면 내가 꼭 해야만 하는 얘기가 있어. 하지만 그 얘기만은 어떻게든 피하고 싶어서… 그래서 거짓말을 해서라도 헤어지려고 했던 거야."

나는 고개를 끄덕였다.

'피하고 싶은 얘기'의 내용은 대강 짐작이 갔다. 그게 얼마나 심각한 내용인지도.

하세베는 결심을 굳혔는지 자리에서 일어섰다.

"얘기가 길어질 테니⋯ 우리 집으로 같이 갈래?"

"그래, 내 얼굴도 지독하니까."

내가 자학하듯 말하자 하세베가 "그렇게 지독하진 않아" 하며 웃었다.

숫자가 줄었다.

"뻔히 보이는 거짓말은 안 해도 돼."

"미안."

하세베가 웃으며 나에게 손을 내밀었다.

그 손을 잡은 순간 문득 떠올랐다.

"아, 하세베."

"응?"

"여벌열쇠 돌려줄게."

그러자 하세베가 눈을 부라렸다.

"어? 왜? 이 흐름에서 왜 여벌열쇠를 돌려줘?"

"여벌열쇠 돌려주겠다고 문자 보냈는데 돌려주지 않으면 거짓말한 셈이잖아."

그러자 하세베가 무슨 그런 억지소리를 하느냐며 웃었다.

천진난만하게 웃는 하세베의 모습이 정말 오랜만인 듯했다.

＊　＊　＊

"아아, 가끔은 맛난 걸 먹고 싶다."

병원식이 입에 맞지 않는다고 늘 투덜거리던 하세베가 천장을 보며 말했다.

"내가 뭐라도 만들어줄까? 수제 햄버그스테이크나."

"오, 맛있겠네."

당신이 거짓말을 들을 횟수는
앞으로 114만 6866번 남았습니다.

"얼굴에 다 적혀 있네요. 거짓말이라고."

"들켰어?"

하세베가 헤헤 웃으며 코를 긁적였다.

"그래서? 진짜 먹고 싶은 게 뭐야?"

"크레이프."

"아, 그러고 보니 아직 안 샀구나. 그럼 하세베가 퇴원하면 축하 기념으로 사줘야겠다."

내가 말하자 하세베가 내 입을 가리켰다.

"그, '하세베'라고 그만 좀 부르면 안 될까?"

"새삼스럽게 왜? 내가 성 말고 이름으로 불러줬으면 좋겠어?"

"아니, 그런 건 아니고."

당신이 거짓말을 들을 횟수는
앞으로 114만 6865번 남았습니다.

"호오, 이름으로 불러줬으면 하는구나?"

하세베의 얼굴이 점점 더 빨개졌다. 이토록 빨개진 하세베의 얼굴을 보는 건 중학교 이래로 처음인 것 같다. 나는 묘하게 감동했다.

"아, 진짜 됐어. 그냥 하세베라고 불러!"

하세베가 얼굴을 감추려고 이불을 뒤집어썼다. 나는 그가 내 얼굴을 보지 못해 다행이라며 안도했다.

나는 하세베가 뒤집어쓴 이불을 툭툭 두드리며 속삭였다.

"그럼 또 봐. …소타."

나도 부끄러우니까.

"느닷없이 기습하는 건 반칙이잖아!"

이불 속에서 항의하긴 했지만, 하세베는 그래도 제법 행복해하는 눈치였다.

당신이

놀 수 있는 횟수는

앞으로 9241번 남았습니다

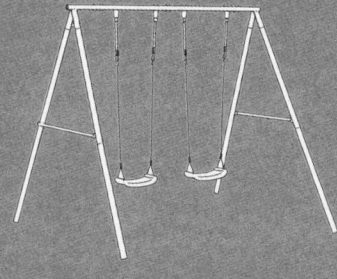

나는 승리를 확신했다.

"치, 요, 코, 레, 이… 토!"

경쾌한 발걸음으로 계단을 내려갔다. '토!'라는 외침과 함께 평탄한 곳에 내려섰다. 다시 말해 계단을 다 내려왔다는 뜻이다.

오늘도 내가 이겼다.

뒤돌아보니 그녀가 뾰로통한 표정을 짓고 있다. 나와 동갑내기… 20대 중반 여성이 지을 만한 표정이 아니었다.

그녀는 이끼가 살짝 낀 돌계단에 앉아 투덜거리고 있었다.

"다부치, 왜 이렇게 구리코* 게임만 엄청 잘하는 거야? 도통 이기질 못하겠어."

"그런가?"

나는 고개를 갸웃거렸다. 사실 내가 높은 확률로 이기는 데는 이유가 있었다.

그녀는 구리코 게임을 할 때 거의 가위나 보만 낸다.

바위로 이기면 세 칸밖에 내려가지 못해서 불리하다고 여기는 모양이었다. 그녀가 가위나 보만 내기에 나는 가위만 내면 적어도 지지는 않는다는 걸 알고 있었다.

"필승 비결이 있는 거지?"

그녀가 내 눈치를 살피며 물었다. 나는 "글쎄?" 하고 또다시 얼버무렸다.

"다 내 실력 덕분이지. 에헴."

"아, 진짜! 거들먹거리기는!"

그녀가 외치는 순간 까마귀들이 하늘로 날아올랐다.

초여름다운 미지근한 바람이 소나무를 뒤흔들었다. 토라진 그녀의 등 뒤로 어둠이 조금씩 다가오고 있었다.

---

* 가위바위보를 해서 이긴 사람이 계단을 내려가는 게임. 바위로 이기면 '구리코'라고 외치며 세 칸 내려가고, 가위로 이기면 '치요코레이토(초콜릿)'라고 외치며 여섯 칸 내려가고, 보로 이기면 '파이나쓰푸루(파인애플)'라고 외치며 여섯 칸 내려간다.

절에서 너무 놀았나?

"오늘은 슬슬 돌아가자. 내일 일도 있으니까."

"…그러지 뭐."

떨떠름해하며 일어난 그녀는 넘어지지 않도록 조심조심, 그러면서도 경쾌하게 계단을 내려왔다.

그녀가 옆에 오기를 기다렸다가 나는 역을 향해 걷기 시작했다. 내 그림자를 밟듯이 그녀도 한 걸음 내디뎠다.

"아아."

나는 뭔가 떠오른 듯 미소 지으며 살며시 중얼거렸다.

"당신이 놀 수 있는 횟수는 앞으로 9241번 남았습니다."

* * *

"이게 대체 뭐야!"

얼굴이 붉으락푸르락해진 부장님이 하리센** 대신 내가 쓴 기획서로 책상을 내리쳤다.

팡.

경쾌한 소리가 울렸다.

** 일본 만담에서 사용하는 종이부채. 상대를 때릴 때 아픔은 덜하고 소리는 크게 나도록 주름을 잡아 만들며, 주로 우스팡스러운 상황을 연출할 때 쓴다.

"뭐냐고 물으신다면… 신제품 기획서입니다만."

"다부치 씨, 내가 그걸 몰라서 물어봤을 것 같나!"

부장님이 입에 거품을 물고 호통쳤다.

그의 얼굴이 점점 빨개지자 나는 불안해서 입을 열었다.

"부장님, 그러다 혈압 올라서 쓰러지십니다."

"누구 때문인데!"

건강을 염려해서 한 말인데 도리어 역효과만 났다.

부장님이 구겨진 기획서를 나에게 던졌다. 겨우 받아내기는 했으나 부장님의 분노를 온몸으로 받아낸 기획서는 처참한 꼴이 돼 있었다.

"내가 다부치 씨한테 어떤 기획서를 작성해 올리라고 했지?"

"어린아이부터 어른까지 폭넓게 즐길 수 있는 장난감, 이요."

"근데 이게 뭐야?"

"예. 이 제품은 말입니다, 계속 가지고 놀다 보면 뇌의 전두엽과 해마를 발달시킬 수 있습니다. 또한 수학 지식도 다수 접목돼 있어서 신나게 놀면서 자연스럽게 연립방정식과 인수분해, 미적분 등을 익힐 수 있지요. 아이는 물론 어른들의 뇌에도 좋은 자극이…."

"야, 이 멍청아!"

남친을 향해 분노를 쏟아내는 여고생이 새된 목소리로 외칠 법한 문장이 회사에 울려 퍼졌다.

나는 날카로운 고성 때문에 비뚤어진 안경을 바로잡았다.

"부장님, 아무리 그래도 부하직원한테 멍청이라고 하는 건 좀…."

"그래, 미안해. 하지만 좀 생각해 봐. 다부치 씨도 생각을 해보라고. 아이잖아! 서너 살짜리 어린애라고. 그런 애들이 미분, 적분을 즐길 수 있을 것 같나? 어? 어른인 나조차도 싫어. 미적분이라고! 내 말 알겠어?"

부장님이 씩씩거리며 말했다.

"그러니까 즐길 수 있도록 고안이 된 장난감입니다. 예를 들어 '일곱 사람이 모인 파티에 케이크 서른 개를 나눠주려고 합니다. 한 사람에게 몇 개씩 나눠줄 수 있고, 또 몇 개가 남을까요?'라는 문제를 보면 말입니다. '일곱 사람이 모이는 걸 알면서 어째서 7의 배수로 케이크를 사 오지 않은 거지?' '한 사람이 케이크를 그렇게 많이 먹을 수 있나?' 등등 쓸데없는 궁금증이 생겨 정작 문제는 머릿속에 잘 안 들어올 수 있잖습니까? 그런데 제가 기획한 이 장난감은 그런 쓸데없는 궁금증이 들지 않도록 철저히 기획했습니다. 결과적으로 집중력과 의욕을 끌어올려서 효율적으로 공부할 수 있죠. 자기도 모르는 사이에 인수분해와 미적분을 이해할 수 있는 멋진 장난감을 개발할 수 있으리라 자부….”

“우리 회사는 교재를 만드는 회사가 아니라고, 다부치 씨이!”

부장님이 ‘씨!’를 쓸데없이 잡아끌었다. 나는 아직 설명을 마치지 않았는데.

“실례합니다만, 부장님. 남의 말은 끝까지 들어봐야 한다고 생각합니다.”

“아, 그건 미안하지만, 다부치 씨 말은 잘 알아들었으니까… 아니, 잘 모르겠지만 일단은 그건 아냐, 다부치 씨! 우리 회사는, 우리 회사는 장난감 회사라고!”

부장님은 중대 발표를 하듯이 외쳤다.

싸아.

사무실 안이 고요해졌다. 나는 실소를 했다.

“부장님, 이 공간에서 그 사실을 모르는 사람이 어디 있습니까?”

“뭐? 근데 난 딱 한 사람만은 모르고 있는 것 같단 말이야!”

주변에서 키득거리는 소리가 들렸다.

한껏 목청을 뽐내던 부장님이 뭔가 깨달은 것처럼 몸에서 힘을 쭉 뺐다.

"다부치 씨, 자네 올해 몇 살이라고 했지?"

"스물여섯 살입니다."

"그렇게 젊은데 노는 마음을 벌써 잊어버린 건가?"

노는 마음? 나는 앵무새처럼 그 말을 되뇌었다.

노는 마음.

솔직히 나를 곤혹스럽게 만드는 말이다.

부장님은 한동안 내 얼굴을 보다가 이윽고 한숨을 크게 내뱉었다.

"여하튼, 다음엔 아이나 어른들의 그런 마음을 간지럽힐 수 있는 기획을 구상해 줬으면 좋겠어."

"노는 마음을 간지럽힐 수 있는 기획 말입니까?"

형태가 없는 것을 어떻게 간지럽힌다는 거지?

따져 묻고 싶었지만, 부장님의 혈압을 또 올릴 것 같아서 참았다.

"다부치 씨는 너무 진지한 게 탈이야."

부장님은 마지막으로 한마디 던지고 "후쿠모토 씨, 나 좀 봐요!" 하고 한 사원을 불렀다.

호명된 사원이 바람처럼 이쪽으로 다가왔다. 나는 그녀의 모습을 멍하니 쳐다봤다.

후쿠모토 씨.

나이는 나와 동갑이지만 2년제 대학을 졸업하자마자 이 회사에 취직해 나보다 2년 선배였다.

단정하게 다듬은 짧은 단발과 강아지처럼 동글동글한 눈이 트레이드마크로, 무척 잘 웃는 사람이었다. 네 글자로 말하자면 '명랑쾌활'한 아가씨다.

그리고… 내 첫사랑인 아카네와 조금 닮았다.

그러나 회사 안에서 그녀의 별명은 '히트메이커 후쿠모토'. 아이를 대상으로 하든, 어른을 대상으로 하든 그녀가 담당한 기획은 모조리 시장에서 적중했다.

반면에 한 번도 기획이 통과된 적이 없는 나는 그녀와 변변히 이야기를 해본 적도 없었다.

후쿠모토 씨는 나를 힐끗한 다음 곧바로 부장님을 향해 물었다.

"부장님, 무슨 일이십니까?"

"저기 말이지. 다부치 씨한테 노는 마음을 살살 간지럽힐 수 있는 방법을 알려줬으면 좋겠는데 말이야."

"예?"

놀란 목소리를 흘린 사람은 바로 나였다. 후쿠모토 씨도 부장님의 말뜻을 파악하지 못했는지 머리 위로 물음표를 잔뜩 띄우고 있었다.

부장님이 설명을 시작했다.

"그러니까 말이야. 후쿠모토 씨는 그, 동심으로 되돌아가 기획을 짜잖아? 그걸 다부치 씨한테도 알려줬으면 좋겠다 이 말이야. 저기, 그거 말이야. 놀이의 센스라고나 할까? 뭐, 그런 거. 내 말뜻 알겠지?"

부장님은 머릿속 생각을 어떻게 꺼내놓아야 할지 모르는 듯 '그거' 또는 '그런 거'라는 말로 얼렁뚱땅 넘기려 했다.

후쿠모토 씨는 나를 또 힐끗한 뒤 부장님에게 대답했다.

"알겠습니다."

그녀는 고개를 끄덕이고 이번에는 나에게 말했다.

"자, 다부치 씨. 조금 이르긴 하지만 오늘 업무 마치고 같이 놀러 갈까요?"

"예?"

남녀가 밤에 함께 놀러 가다니. 어떻게 그런 방정맞은 짓을.

후쿠모토 씨는 내가 곤혹스러워하는 이유를 알아차리지 못했는지 고개만 갸웃거렸다.

＊ ＊ ＊

효로로로로.

"…이게 뭡니까?"

나는 눈앞에서 왔다 갔다 하는 기다란 종이를 보며
물었다.

"코끼리 피리. 몰라요?"

후쿠모토 씨가 또다시 피리를 불었다.

효로로로로.

동그랗게 말려 있던 종이가 쭉 펴지며 내 코앞까지
치닫자 나는 몸을 뒤로 젖혔다.

"본 적은 있지만…."

"불어본 적 없어요? 그럼 자, 여기."

후쿠모토 씨는 조금 전 막과자 가게에서 구매한 피
리를 나에게 내밀었다. 나는 더욱 몸을 뒤로 뺐다.

밤 8시, 쇼핑몰 식당가. 이런 곳에서 다 큰 어른들이
코끼리 피리를 부는 모습은 역시 기묘하다. 나는 주변을
두리번거렸다.

"괜찮대도요. 소리는 나지 않으니까 사람들 눈에 띄
지 않아요."

아니, 눈에 띄거든요.

내가 난감해하든 말든 그녀는 계속해서 코끼리 피리를 불었다.

효로로로로.

"자, 다부치 씨도 어서요. 뭐든지 경험이 중요한 거예요. 이런 것도 나중에 기획서 쓸 때 도움이 될 테니."

기획서라는 단어가 나오자 나는 결국 체념했다.

좋은 기획서를 쓰기 위해서. 노는 사람의 마음을 알기 위해서.

아무도 나 따윈 거들떠보지도 않는다. 지금 난 투명인간이다!

스스로 암시를 걸며 피리를 힘껏 불었다.

뵤로로로, 푸르륵.

종이가 꺾였다.

"엇!"

피리에서 입을 뗐다. 꺾인 종이가 어중간한 위치에서 말려버렸다.

"부, 불량품입니다! 이거 불량품이라고요."

"아니에요. 다부치 씨가 너무 세게 불어서 그런 것뿐이에요."

후쿠모토 씨는 웃었고 나는 고개를 숙였다. 이게 무슨 피리야! 나는 부서진 장난감을 탁자 위로 떨구었다.

두 번 다시 코끼리 피리를 불지 않겠다고 신께 맹세했다.

후쿠모토 씨가 "자, 다음은" 하고 막과자 가게에서 들고 나온 비닐봉지를 뒤적였다.

"이걸 해보죠."

그녀가 꺼낸 건 손바닥 크기의 작은 상자였다.

"뭡니까, 그게?"

"달고나 과자요. 몰라요?"

그녀가 티슈 위에 얇은 과자를 늘어놓더니 가방에서 이쑤시개를 꺼내 내 앞에 놓았다.

얄팍한 과자에 다양한 모양이 새겨져 있었다.

"난 토끼가 좋아요. 다부치 씨는… 튤립으로 해볼래요? 아, 이거 먹는 거니까 티슈 위에서 갖고 놀아요."

"이걸로 어떻게 노는 겁니까?"

"이쑤시개로 모양대로 구멍을 뚫으면 돼요. 갉아도 되고, 쿡쿡 찔러도 되고. 이상."

후쿠모토 씨는 자신의 과자 판을 쿡쿡 쑤시기 시작했다. 홈에 이쑤시개를 대고 힘을 꾹 줬다. 쩍 하고 경쾌한 소리와 함께 홈을 따라 판이 쪼개졌다.

"그렇게 하는 거군요."

나도 그녀를 따라서 과자 판에 이쑤시개를 댔다.

뽀각.

튤립의 줄기가 보기 좋게 깨졌다. 부러졌다고 해야 하나?

"에구."

곁눈으로 보던 후쿠모토 씨가 말했다. 그녀는 실패 없이 토끼 모양을 반쯤 떼어냈다.

"뭐, 초보자한테 튤립은 좀 어렵긴 하죠."

"…."

"오리는 가능할 것도 같은데."

그녀의 말에 난 오리에 도전했다. 꼬리 쪽부터 떼어 내려고 했는데.

뽀각.

"다부치 씨는 어려운 곳부터 시작하려는 버릇이 있네요."

깨진 꼬리를 보며 그녀가 말했다.

나는 이쑤시개를 탁자 위에 살며시 내려놓았다. 이 달고나도 두 번 다시는 하지 않겠노라고 부처님께 맹세했다.

후쿠모토 씨는 진지하게 달고나에 매달렸다. 토끼 모양은 귀가 가장 어려운지 이쑤시개로 아주 천천히 깎아냈다.

"부장님께서 아이들의 노는 마음을 간지럽힐 수 있는 방법을 가르쳐주라고 하지 않았던가요?"

내가 묻자 후쿠모토 씨가 "그랬죠" 하고 대답했다.

"근데 조금도 알려주질 않는 이유가 뭐죠?"

"다부치 씨는 직접 놀아보는 게 좋을 것 같아서요."

달고나에서 나온 가루를 털면서 그녀가 말했다. 나는 이맛살을 찌푸렸다.

"아이의 마음을 알아보라는 건가요? 공교롭게도 난 대학원에서 발달심리학을 중점적으로 배웠고, 회사에 들어온 뒤로는 장난감의 역사와 변천 등을 늘 연구하고 있습니다. 그러니⋯."

"지식은 엄청나겠네요. 하지만 놀이에 필요한 건 지식뿐만이 아니죠."

뿌각.

토끼 귀가 깨지자 그녀가 "아!" 하며 고개를 들었다.

"여하튼 잠시 나랑 같이 다니면서 여러 놀이를 해봐요. 그러면 뭔가 달라질 수도 있겠죠."

"뭐가 달라진다는 겁니까?"

"글쎄요? 하지만요."

깨진 달고나를 먹으며 후쿠모토 씨가 말했다.

"다부치 씨는 평소에 잘 안 놀죠?"

정곡을 찔렀다.

내가 잠자코 있자 그녀가 말했다.

"이번 일을 계기로 한번 놀아보는 것도 좋잖아요? 적어도 앞으로 몇 번은 나랑 함께 놀죠."

몇 번, 놀다.

후쿠모토 씨의 그 말이 내 안의 옛 기억을 불러냈다.

＊ ＊ ＊

나는 초등학교 3학년 때 난생처음 사랑에 빠졌다.

상대의 이름은 가타기리 아카네.

그 애는 초등학교 3학년 여름방학이 끝난 직후 내 앞에 나타났다. 부모님 사정으로 도쿄에서 우리 동네로 이사 온 거였다.

참고로 내 고향은 아주아주 지방에 가까운… 즉, 시골이었다.

"얘들아, 난 가타기리 아카네라고 해. 잘 부탁해."

그 애를 처음 본 순간, 마치 인형 같다고 생각했다.

하늘하늘한 블라우스에 팔랑이는 치마, 장식이 붙은 하얗고 긴 양말. 반만 묶어 올림머리를 한 뒤 늘어뜨린 긴 머리카락도 발을 내디딜 때마다 살랑거렸다.

주변에서 늘 보는 티셔츠 차림의 여자애들과는 단연코 달랐다. 물론 티셔츠 차림의 여자애들에게는 죄가 없다. 다만 시골 아이들이 종종 그러듯 '도시 아이에 대한 동경' 때문에 색안경을 끼게 된 셈이었다.

아마 다른 친구들도 마찬가지였을 것이다.

"아카네, 같이 놀자."

전학해 온 첫날부터 모두가 아카네에게 말을 걸었다. 아카네는 싫은 내색 없이 온갖 놀이에 끼었다.

나는 곧 그 애의 어수룩한 일면을 발견했다.

달리려고 발을 내딛자마자 넘어지고, 피구를 하다가 얼굴로 공을 받고, 캔을 차려다 헛발질을 하기도 했다. 사실 이 정도는 약과였다. 오른발로 개똥을 밟더니 연이어 왼발로 고양이 똥을 밟은 적도 있었다.

그래도 아카네는 늘 즐겁게 웃었다.

숙녀처럼 보이지만 실상은 말괄량이 여자애. 틀림없이 그런 겉과 속의 차이가 남자애들의 마음을 사로잡았을 것이다. 물론 나도 그중 한 사람이었다.

그러나 나는 아카네와 놀아본 적이 거의 없었다.

나는 원래부터 교실 구석에서 홀로 책을 읽는 남자애였다. 가끔은 친구들과 어울려 놀기도 했지만, 아카네가 전학해 온 뒤로는 그마저도 없어졌다.

아마도 아카네와 노는 것이 두려워서 그랬던 게 아닐까?

언제나 나는 멀리서 그 애를 보기만 했다. 같이 놀지 않더라도, 같이 이야기하지 않더라도 그 애의 웃음만 볼 수 있으면 행복했다.

그러나.

"다부치는 책을 좋아하는구나?"

초등학교 4학년 겨울, 아카네가 느닷없이 나에게 말을 걸었다.

나는 놀라서 고개를 들었다. 눈앞에는 분명 동경하는 아카네가 서 있었다.

왜 내게 말을 건 거지?

곤혹스러우면서도 한편으론 무척 흥분됐다. 여하튼 멋있어 보이고 싶어서 평소와 다른 말투로 대답했다.

"아, 뭐, 그렇지."

"방과 후에도 언제나 여기서 책을 읽지?"

"뭐, 그렇지."

"그것도 아주 두꺼운 책."

"뭐, 그렇지."

"그 책도 재밌어?"

"뭐, 그렇지."

긴장한 나머지 나는 '뭐, 그렇지' 제조기가 됐다.

이러면 안 돼. 모자란 애 같잖아.

나는 최대한 머리를 굴려 다른 말을 만들어냈다.

"아카… 가타기리는 늘 재미있게 놀더라."

말하고 나서 아차 싶었다. 나는 어디까지나 책을 읽기 위해서 교실에 있었던 거였다. 결코 '운동장에서 노는 아카네를 엿보려고' 교실에 있었던 게 아니었다.

내가 어떻게든 얼버무리려고 하자 아카네가 "응" 하고 시원스럽게 대답했다. 내 실언을 깨닫지 못한 모양이었다.

"난 공부보다 노는 걸 좋아해."

"그, 그래?"

"괜찮으면 다부치도 다음에 같이 놀자."

"어?"

등에서 불쾌한 식은땀이 흘렀다.

논다… 논다? 내가 아카네와 함께?

"저, 저기, 난…."

아카네와 함께 놀고 싶어.

내가 말을 끝내기도 전에 주변에 있던 아이가 "다부치랑 놀아봤자 재미없어" 하고 속삭였다. 그 말을 듣고 나는 입을 다물어버렸다.

아카네만은 나를 싫어하지 않기를 바랐다.

"난… 아니."

나는 철저히 '교실 구석에서 소설을 읽는 어른스러운 캐릭터'를 연기하느라 목소리를 다시 가다듬었다.

"나, 난! 사양하도록 하겠소이다."

그때 난 왜 하필이면 닌자 이야기를 읽고 있었을까.

아카네가 얼굴이 빨개진 나를 보고 살짝 웃었다. 그 미소는 결코 비웃음이 아니었다.

"그래? 아쉽다."

나도 마찬가지였다.

내 입으로 거절했으면서 아쉽기 그지없었다.

"저기… 어째서 내… 나한테 말을 건 거야?"

아카네와 이야기 나눌 시간을 조금이라도 벌어보려고 나는 물었다.

캐릭터가 불안정한 나를 보고 그 애가 서글프게 웃었다.

"앞으로 며칠, 몇 번이나 놀 수 있을지 생각했어."

그 순간이었다.

내 안에서 아카네를 향한 마음이 확고하게 굳었다.

겉보기에는 숙녀지만 실상은 말괄량이. 그런데 이토록 서글픈 표정을 보일 수 있다니. 무엇보다도 아카네가 내뱉은 그 절실한 말이 내 가슴을 꽉 움켜쥐었다.

언젠가 아카네에게 같이 놀자고 말할 수 있는 남자가 돼야지.

나는 결심했다.

그러나 운명은 나와 아카네를 너무나 쉽게 갈라놓았다.

나에게 같이 놀자고 말을 걸어준 지 반년쯤 지났을 때 아카네는 이사를 가버렸다.

"도쿄로 돌아갔대."

아카네와 친했던 여자애가 울먹이며 말했다.

도쿄에서 와서 다시 도쿄로 돌아간다. 아아, 도쿄. 진짜 너무하다, 도쿄.

사흘 밤낮으로 울다가 나는 결심했다.

나도 도쿄로 간다. 아카네와 재회하고 말겠다.

❅ ❅ ❅

그로부터 16년이 지난 4월의 마지막 날. 도쿄는 끝내주게 좋은 날씨였다.

하얀 구름과 청명한 하늘. 따뜻한 햇살과 뽀송뽀송한 바람. 걷기에는 딱 좋지만 달리면 좀 더울 것 같았다.

뛰어노는 아이 중에는 벌써 반팔을 입은 아이도 있었다.

내가 그런 낮 풍경 속에 있던 건 여섯 시간 전이었다.

"어째서 저에게 휴일 저녁 8시에 공원으로 나오라고
한 겁니까?"

꿍.

"우리가 낮부터 놀이기구를 독점해 버리면 애들한
테 미안하잖아요."

꽝.

"게다가 이런 시간에 공원에서 어른 둘이 놀고 있으
면 모두 묘한, 신기한 눈으로 쳐다볼 텐데요?"

꿍.

"뭐, 솔직히 말해 어느 시간대든 붕 뜨는 광경이긴
해요."

꽝.

"흐악!"

"아, 미안. 괜찮아요?"

"두, 둔부를 강타했어요!"

"대단해요. 일상 대화에서 '둔부'라는 단어를 쓰는
사람은 처음 봤어요."

편하게 티셔츠와 청바지를 입은 후쿠모토 씨가 폴로
셔츠를 입은 나를 올려다보고 말했다. 그녀가 무릎을 쭉 펴자 내 시야가 서서히 내려갔다.

"대, 대체로 쓰는 말입니다."

욱신거리는 둔부를 반쯤 의식하며 말했다.

"시소 타고 노는 것과 내 기획 업무 사이에 무슨 관련이 있는 거죠?"

다리가 비로소 땅에 닿자 나는 일어서서 둔부를 문댔다.

후쿠모토 씨도 일어서며 말했다.

"뭐, 직접적인 관련은 없겠지만."

"그럼 요즘 판매되는 타사 제품을 조사하는 게 더 나을 텐데요."

"음, 그럼 최근에 다부치 씨가 재미있다고 느낀 장난감은 뭔가요?"

말문이 막혔다.

내 속내를 훤히 들여다본 것처럼 그녀가 말했다.

"내가 재미있어하는 것을 찾는다. 찾아낸 뒤에는 내가 왜 재미를 느꼈는지 연구한다. 그리고 더 재미있는 걸 고안해 낸다! 이게 내 방식이거든요."

후쿠모토 씨가 다음으로 저걸 타자며 그네를 가리켰다.

나는 지금껏 느껴본 적이 없는 피로감에 기절할 것 같았다.

하지만 일 때문이고… 그녀가 나를 위해서 시간을 할애하고 있으니 여기서 쓰러질 수는 없었다.

나는 정신을 단단히 차리고 물었다.

"지금 이 시간이 간접적이나마 기획과 이어질 거라는 후쿠모토 씨의 주장은 알겠습니다. 하지만 어째서 공원 놀이기구로 노는 겁니까? 장난감이 아니라."

그러자 후쿠모토 씨가 수줍게 웃으며 말했다.

"실은 오랜만에 시소를 타고 싶었는데 시소만큼은 혼자서 탈 수가 없잖아요. 끌어들여서 미안하네요."

이 순간 나는 둔부를 부여잡으며 쓰러지고 싶었다.

그네에 앉아 그넷줄을 가볍게 흔들어봤다. 부드러운 밤바람을 스스로 만들어낸 것 같아서 기분이 조금 좋아졌다.

그런데 옆을 보니 후쿠모토 씨는 선 채로 타고 있었다. 그네가 힘차게 호를 그리며 바람을 휘이 갈랐다.

"후쿠모토 씨, 조금 진정하는 게 어떨까요?"

"힘없이 그네에 앉아 있으면 드라마 속 슬픈 장면 같잖아요! 난 이렇게 노는 게 더 좋아요!"

다시 말해 지금 내 모습이 드라마 속 슬픈 장면의 주인공 같다는 건가?

오기가 생긴 나는 조심스럽게 그네 위에 섰다.

생각보단 안정감이 있었지만 역시 공포스러웠다. 나는 신중하게 그녀를 따라서 발을 구르기 시작했다.

그런데 그네가 생각만큼 잘 나가지 않았다. 바람을 가르기는커녕 숨만 헐떡이는 내가 가엾어 보였는지 후쿠모토 씨가 속삭이듯 물었다.

"다부치 씨, 그네 타는 법 알려줄까요?"

"됐어요!"

꿈쩍도 하지 않는 그네 위에서 몸만 연신 굽히고 펴다가 스르르 자리에 앉아버렸다. 그네 따윈 아이들을 위한 놀이기구다. 나는 두 번 다시 타지 않겠다.

그네에 앉은 채 가만히 있는 나를 보더니 그녀가 물었다.

"다부치 씨, 혹시 노는 거 싫어해요?"

"공부만 해서."

"그럼 공부는 좋아해요?"

"아뇨, 도쿄로 올라오기 위한 구실이 필요해서."

무심코 솔직한 대답이 나오자 나는 손으로 입을 막았다. 그러나 이미 늦었다.

"그게 뭐예요? 도쿄로 올라오기 위한 구실이라니?"

후쿠모토 씨가 그녀를 구르던 다리를 멈추고 흥미진

진한 눈빛으로 나를 쳐다봤다.

"아뇨…. 어렸을 적에 도쿄로 이사 가자고 부모님한테 졸랐더니, 그쪽에 있는 대학에 붙으면 혼자 올라가라고 하셨거든요. 그 말을 덥석 받아들여서."

"왜 도쿄로 올라오고 싶었어요?"

"저, 젊은 혈기에 그만."

첫사랑을 찾으러 도쿄에 올라왔다는 말은 차마 할 수 없었다.

그녀는 내 얼굴을 보며 "흐음" 하는 소리를 냈다.

"다부치 씨는 어디 출신이죠?"

"…시골이요. 공기도 맑고 물도 맛있는, 고즈넉한 시골이요."

이제 와 감출 필요는 없기에 솔직하게 대답했다.

그 순간 후쿠모토 씨의 표정이 바뀌었다.

"다부치 씨, 설마 그 다부치?"

"예?"

"가즈라 초등학교에 다녔던 다부치?"

"아, 예… 어, 어라?"

"우아!"

그녀가 그네에서 뛰어내려 반가운 목소리로 외쳤다.

"나, 나! 아, 기억 못 하나?"

"예?"

"5학년 때 이사 갔던 가타기리 아카네라고! 잊어버렸구나?"

나는 할 말을 잃고 5초쯤 있다가 후쿠모토 씨인지 가타기리인지 아카네인지 모를 눈앞의 여자를 가리켰다.

"하늘하늘한 블라우스는? 팔랑이는 치마는? 하얀 긴 양말은? 바람에 나부끼던 길고 검은 머리는?"

"와, 생각보다 훨씬 많은 걸 기억하고 있구나!"

성인이 된 아카네가 눈앞에서 구김살 없는 미소를 지었다.

❊ ❊ ❊

"나, 어렸을 때랑 얼굴이 별로 바뀌지 않았다는 소리를 자주 듣는데, 내가 가타기리 아카네인 줄 몰랐어?"

"성은 아는데 이름을 몰라서."

"같은 부서잖아? 사내 메일함에 내 이름이 나와 있잖아?"

"아니, 저기…."

"아, 그럼 내 이름에 관심이 없었나?"

"그, 그게 아니라 저기…."

"응?"

"후쿠모토 씨는 이때껏 '히트메이커 후쿠모토'로만 기억하고 있었거든."

후쿠모토 씨가 배를 부여잡고 웃기 시작했다.

"아무리 그래도 그건 너무했어! 아니, 결국 내 이름엔 관심이 없었다는 소리잖아?"

"미, 미안. 실은 옷차림 같은 게 너무 달라져서…."

"그 고상한 옷차림은 전적으로 엄마 취향이었거든."

후쿠모토 씨는 벤치에 앉은 채 사이다를 마시며 말했다.

"아니, 근데 다부치 역시 조금 변했네. 안경 하나 꼈을 뿐인데 인상이 이렇게 달라질 수가! 키도 꽤 컸고. 미안해, 나도 알아차리지 못해서."

"…아냐."

자판기에서 산 주스를 마시며 10분째 얘기하고 있었다.

나는 눈앞에 있는 후쿠모토 씨가 첫사랑인 아카네임을 인정할 수밖에 없었다.

그녀의 입에서 당시 이야기가 잇달아 나왔기 때문이었다. 달리려고 발을 내딛자마자 넘어진 이야기, 피구하다가 얼굴로 공을 받은 이야기, 캔을 차려다 헛발질했던 이야기.

"개와 고양이의 그걸 밟았던 기억은 평생 잊지 못할 거야."

후쿠모토 씨가 배를 부여잡고 웃으며 말했다. 나는 아까부터 숙인 고개를 들지도 못한 채 생각했다.

상상했던 것과 너무 다르잖아?

뭐라고 해야 할까, 그냥 뭔가 다르다. 내 생각에 재회는 더 감동적이어야 했다. 서로 이름을 부르며 부둥켜안아도 이상하지 않을 극적인 전개가 펼쳐졌어야 했다.

그러나 현실은 이렇다.

첫사랑과 같은 회사, 같은 부서에서 근무하고 있었다. 이것만 본다면 틀림없이 멋진 상황이다. 놀라움과 두근거림이 있다. 드라마였다면 이대로 로맨스로 흘러갔겠지.

그녀가 실수를 한 순간 내가 손을 내밀어 프로젝트를 대성공으로 이끈다. 그리고 약혼반지를 건넨다⋯. 같은 부서에 연적이 있어서 삼각관계가 펼쳐지지만, 결국은 내가 아카네와 맺어지게 된다.

하지만 드라마와 현실은 달랐다.

그네 위에서 무릎 운동이나 하고 있는 나. 그걸 지켜보고 있던 아가씨가 바로 첫사랑이었다. 믿고 싶지 않았다. 꿈이라면 어서 깨어나고 싶을 정도였다.

아! 가능하다면 저 모래밭에 구멍을 파고 들어가고 싶다.

"그나저나 나를 잘도 기억하고 있네, 다부치?"

"아… 아니, 뭐."

첫사랑이니까.

죽어도 그 말은 못 하지만.

"인상적이었거든."

"오호라."

"후쿠모토 씨… 아니, 가타기리 씨? 아니, 으음."

"아, 번거롭게 따지긴. 그냥 아카네라고 부르지?"

"후아! 후, 후쿠모토 씨라고 부를게."

나는 머리가 헝클어질 정도로 고개를 가로젓고는 숨을 가다듬고 말했다.

"후쿠모토 씨야말로 날 잘도 기억하네."

"아! 뭐, 인상적이라 그랬나?"

대화가 끊겼다.

그야말로 지옥 같은 시간이었다. 그토록 찾았던 첫사랑을 겨우 찾아냈건만, 나는 분위기를 돋울 만한 화제를 하나도 갖고 있지 않았다.

분위기는커녕 불과 10분 전까지 추태만 보였다. 업

무시간에 부장님에게 혼쭐이 나는 모습까지 다 보여버렸으니.

이제 틀렸다. 당장 그네에 앉아 '드라마 속 슬픈 장면'을 연출할 수밖에 없다.

나는 슬며시 후쿠모토 씨 쪽으로 시선을 돌렸다.

그녀와 눈이 마주쳤다.

"황공하옵니다!"

무슨 영문인지 예스러운 말투가 튀어나왔다. 그녀가 웃음을 터뜨렸다.

"다부치! 변한 게 하나도 없네. 옛날에도 그렇게 말한 적 있지?"

그녀가 언급한 것은 십중팔구 "사양하도록 하겠소이다"일 것이다. 나는 어깨를 축 늘어뜨렸다.

"그건 이제 잊어줘."

"아니, 무슨 말이었는진 기억이 안 나. 어쩐지 옛날 무사 말투였던 것 같은데…"

깔깔 웃던 후쿠모토 씨가 이윽고 훗, 하고 비웃었다.

"노는 데 젬병인 것도 여전하네."

첫사랑이 나를 기억해 줬다는 기쁨과 꼴불견을 보였다는 수치심에 뺨이 달아올랐다. 나는 고개를 점점 떨어뜨렸다.

"왜, 왜냐하면 어렸을 때부터 '횟수'를 써버리면 아깝잖아."

"음? 무슨 얘기?"

후쿠모토 씨가 의아해하며 물었다.

시치미를 뗄 작정인가?

나는 다시금 풀어서 말했다.

"그러니까 노후를 위해서 '놀 수 있는 횟수'를 많이 남겨두는 게 나을 것 같아서…."

"미안, 무슨 얘긴지 잘 모르겠는데."

그녀의 얼굴에 혼란스러워하는 기색이 역력했다.

나는 또다시 어리둥절했다.

앞으로 며칠, 몇 번이나 놀 수 있을지 생각했어.

"아카네도 이게 눈에 보여서…."

당신이 놀 수 있는 횟수는
앞으로 9241번 남았습니다.

"보이지도 않는데 그런 소리를 했던 거야?"

내가 따져 묻자, 그녀는 대체 무슨 소리냐는 듯한 표정만 지었다.

※　※　※

횟수 제한….

아카네의 눈에도 나와 같은 게 보이는구나!

그녀를 향한 마음을 굳힌 이유는 그 때문이었다.

다른 동급생들은 '유한'이라는 단어의 의미도 모른 채 어설픈 놀이에 '횟수'를 낭비했다.

나는 횟수가 유한하다는 걸 알았기에 가벼운 맘으로 놀 수가 없었다. 하지만 아카네는 달랐다. 아카네는 '한계'를 알고 있을 뿐만 아니라 '지금'을 즐길 줄도 알았다.

용기 있게 횟수를 쓸 줄 아는 아이.

우아, 진짜 멋진 친구다!

당시 나는 무척 감동했다. 그 감동은 빛이 바래지 않은 채 지금까지도 내 안에 소중히 간직돼 있었다.

그런데.

"보이지도 않으면서 그런 말을 했다니 너무하네!"

"미안, 진짜 무슨 얘길 하는 거야?"

내가 바닥에 거의 엎드린 자세로 아우성치자 그녀가 귀찮아하며 말했다.

첫사랑 색안경은 참 대단하구나.

한편으로 나는 감탄하고 있었다.

첫사랑은 대단해. 기억을, 인물상을 이토록 미화해놓다니.

이럴 줄 알았다면 재회하지 않았으면 좋았을 것을.

그랬다면 나에게 아카네는 '나와 같은 것이 보이는 유일한 사람'이자, 특별한 존재이자, 서글픈 목소리로 "앞으로 며칠, 몇 번이나 놀 수 있을지 생각했어"라는 말을 하던 미스터리한 여자애로 남았을 텐데.

"아, 허무해!"

"왠지 미안하네. 실망하게 한 것 같아서."

후쿠모토 씨가 일단 사과해야 할 것 같다는 투로 말했다.

내가 왜 한탄하는지 그녀는 이해하지 못한다. 역시나 그녀의 눈에는 앞으로 '놀 수 있는 횟수'가 보이지 않는 것이다.

아, 내 첫사랑은 끝났다.

"그나저나 그 보인다느니 안 보인다느니 하는 얘기는 뭐야? 혹시 유령?"

"그런 비과학적인 존재가 아니고, 놀 수 있는 횟수를 말하는 거야. 앞으로 살아가는 동안 놀 수 있는 횟수. 그게 내 시야에 보인다고. 검은 글자로."

나는 웃으며 대답했다.

"그 얘기도 그다지 과학적으로 들리진 않는데?"

후쿠모토 씨가 뺨을 긁적이며 말했다.

첫사랑과 함께 마음이 부서져 버린 나는 마침내 부아가 치밀었다.

"그런데 그게 보인단 말이야! 내가 이번 생에서 놀 수 있는 횟수가. 참고로 앞으로 9241번 남았어. 난 이 숫자 때문에 인생이 엉망이 됐다 해도 과언이 아니라고."

"어째서?"

숫자가 보이지 않는 당신이 알 턱이 없지. 나는 분한 나머지 말을 쏟아냈다.

"시시한 놀이 하면서 횟수를 써버리면 아깝잖아! 횟수가 0이 되면 더 이상 놀 수 없다고! 그러니까 가볍게 놀 수가 없었지. 그런데 다들 '남의 배려를 무시한다'라느니, '고지식하다'라느니 하며 날 따돌렸다고. 내 고민도 몰라주고."

"난 몰랐어. 알려주질 않았잖아."

천연덕스럽게.

별일 아니라는 듯이 그녀가 말했다.

후쿠모토 씨는 참 대단한 사람이야!

그런 생각이 들었다.

다 큰 남자가 바닥에 엎드려 울면서 외치고 있는데

태연하게 "난 몰랐어"라고 말하다니. 대단한 배짱이다.

어떤 의미에선 대단하다. 난 대단한 사람을 좋아했구나.

"그리고… 나 마음에 조금 걸리는 게 있는데, 물어봐도 돼?"

후쿠모토 씨가 입가에 손을 대며 물었다.

"뭔데?"

"다부치의 눈에는 놀 수 있는 횟수가 보이는 모양인데, 예를 들어 아까 전까지 나랑 논 것도 횟수에 포함돼?"

"당연하지."

당신이 놀 수 있는 횟수는
앞으로 9241번 남았습니다.

오늘 후쿠모토 씨와 만나기 직전까지 남은 횟수는 9242번이었다.

이 숫자는 '놀이의 종류'가 바뀔 때가 아니라 '놀고 싶은 마음이 사라질 때' 비로소 줄어든다.

시소를 탔을 때 한 번, 그네를 탔을 때 한 번 줄어드는 게 아니라 시소와 그네를 타고 놀다가 그만 놀아야겠다는 생각이 든 시점에 줄어드는 것이다.

내가 그렇게 설명하자 후쿠모토 씨는 이해가 안 된다는 표정으로 "흐음" 하고 끙끙거렸다.

"내가 너무 어렵게 설명했나?"

"아니, 그게 아니라…."

후쿠모토 씨는 잠시 골똘히 생각하다가 고개를 들었다.

"근데 왜 그네 타다가 도중에 멈췄어?"

"응?"

예상을 빗나간 질문에 나는 이맛살을 찌푸렸다.

"아까 그네, 서서 타는 방법을 몰라서 타다가 그만뒀던 거지? 근데 왜 그만뒀어? 그네가 올라갈 때마다 횟수가 줄어드는 건 아니잖아. 그러니까 횟수가 줄어들 때까지 서서 타는 걸 계속해서 연습해도 되잖아."

해가 질 때까지 물구나무서기를 연습하는 것처럼.

후쿠모토 씨가 이렇게 덧붙였다.

"그건…."

내가 말을 잇지 못하자 그녀가 상냥한 목소리로 물었다.

"그네가 재미없어?"

"…그건 아니지만."

"탈 줄 모르니까 타기가 싫은 거야?"

나는 이번에야말로 아무 말도 할 수 없었다.

그녀는 입가에서 손을 뗀 뒤 나를 보고 가볍게 웃었다.

"있잖아. 다부치는 정말로 횟수가 줄어들까 봐 노는 걸 꺼렸던 거야?"

그 말이 내 마음에 파문을 일으켰다.

다부치랑 놀아봤자….

내가 애써 외면했던 사실. 후쿠모토 씨는 그걸 선뜻 내뱉고 말았다.

"실은 창피당하고 싶지 않았던 거 아냐?"

다부치랑 놀아봤자 재미없어.

그날 동급생이 속삭였던 말이 머릿속을 파고들었다.

다부치도 다음에 같이 놀자.

그때 아카네가 했던 말에 나는 고개를 끄덕이려 했었다.

아카네와 놀고 싶다고 대답할 작정이었는데.

다부치랑 놀아봤자 재미없어.

누군가의 목소리가 나를 제지했다.

등에 흐르던 땀이 급속도로 식으며 체온을 빼앗아 갔다.

발이 느려서 술래잡기를 하면 꼭 술래만 했다.

피구를 하면 활약도 한번 못 해보고 외야에서 애꿎은

흙바닥만 후벼 팠다.

숨바꼭질을 하면 늘 가장 먼저 들켰다.

동급생은 내가 노는 데 서투르다는 걸 알고 있었다.
나도 그걸 알기에 친구들과 노는 걸 피해왔다.

하지만 눈앞의 아카네는 그 사실을 모르고 있었다.

…창피당하고 싶지 않다.

나는 생각했다. 아카네 앞에서 창피당하고 싶지 않
았다. 아카네가 나를 싫어하지 않기를 바랐다.

그때.

나, 난! 사양하도록 하겠소이다.

창피당하지 않으려고 나는 목소리를 높였던 것이다.

"창피당할 걸 두려워하지 않고 연습하면 나도 언젠
가 그네를 서서 탈 수 있을까?"

나는 무거운 마음으로 물었다. 후쿠모토 씨는 검지
를 턱에 대고 으음, 하고 골똘히 생각한 뒤 대답했다.

"아마도."

"아마도?"

반드시는 아니란 말인가?

내가 실망스러워하자 그녀가 말했다.

"뭐, 그네는 모르겠지만 코끼리 피리쯤은 연습하면

금세 불 수 있을걸. 다부치가 토라지지만 않는다면."

그 말을 듣고 흠칫 놀랐다.

두 번 다시 코끼리 피리를 불지 않겠어.

그녀는 내 머릿속의 생각을 꿰뚫어 보고 있었다.

"있잖아, 같이 놀자고 했던 그날 내가 다부치한테 바랐던 건 멋있게 노는 모습이 아니었어."

후쿠모토 씨가 웃음을 머금으며 말했다. 그녀의 미소에는 희미한 슬픔이 배어 있었다.

앞으로 며칠, 몇 번이나 놀 수 있을지 생각했어.

그날과 거의 똑같은 표정이었다.

"멋있게 노는 모습…."

비로소 깨달았다.

나는 일찍이 '노는 횟수를 아끼지 않고 팍팍 쓰는 그녀'를 동경했던 것이 아니었다.

"난…."

나는 사람들에게 웃음거리가 되더라도 당당하게 행동하는 그녀를 동경했던 것이다.

달리다가 넘어져도, 피구하다가 얼굴에 공을 맞아도, 캔을 차다가 헛발질을 하더라도.

그 모든 것을 웃어넘기고 결코 달아나지 않던 그녀를 좋아했다.

그리고 가능하다면.

당신이 놀 수 있는 횟수는
앞으로 9241번 남았습니다.

이 횟수를 아카네와.

아카네와 둘이서 함께 놀며 쓰고 싶었다.

"그네를 서서 타는 법을 연습하고 싶어."

부끄러움과 분함이 반씩 섞인 마음으로 중얼거렸다.

"코끼리 피리도 잘 불고 싶고, 달고나 떼기도 더 잘하고 싶어. 그리고… 술래잡기나 숨바꼭질도 거의 해본 적이 없고, 비눗방울도 제대로 불어본 적이 없고, 또….."

노는 횟수가 줄어드니 싫다.

그렇게 착각하고 거부해 왔던 놀이가 산더미다.

사실 그 놀이들을 싫어한 게 아니었다. 오히려 반대였다.

"나도 여러 가지 놀이, 다 해보고 싶었어."

나는 그 누구보다도 놀이에 굶주려 있었다.

"다부치가 말한 놀이들은 어른이 된 지금도 할 수 있어. 한번 해볼래?"

그녀가 웃으며 말했다. 그 웃음을 보고 나는 또다시

생각했다.

참 대단한 사람이구나.

지금은 첫사랑 색안경을 끼고 있지 않은데도 이토록 귀여워 보이다니!

후쿠모토 씨는 아무도 없는 그네를 가리켰다.

"일단 오늘은 서서 타는 연습만이라도 해볼까? 아니면… 또 놀 수 있는 횟수가 줄어들까 봐 싫어?"

나는 고개를 저었다.

"아카네와 함께라면 횟수가 줄어들어도 상관, 윽."

중요한 순간에 혀를 깨물고 말았다.

후쿠모토 씨는 입을 헤벌리다가 이윽고 박장대소를 했다.

나는 겸연쩍어서 콧등을 긁적였다. 부끄럽기는 했지만 창피하지는 않았다.

다부치도 다음에 같이 놀자.

그날 나에게 부족했던 것이 꼴사나운 자신을 내보일 수 있는 용기였음을 아카네가 알려줬다.

＊　＊　＊

"당신이 놀 수 있는 횟수는 앞으로 9241번 남았습니다."

후쿠모토 씨가 불쑥 말했다.

"어? 횟수를 기억하고 있었어?"

내가 놀란 목소리로 물었다.

"네가 아까부터 하도 중얼거려서 말이야."

그녀가 사람을 의심하는 법을 모르는 듯한 눈으로 말했다.

내 말을 믿어줬던 건가? 내 눈에 횟수가 보이든 말든 그녀에겐 아무 상관도 없었을 텐데.

갑자기 예전 기억이 떠올라서 물었다.

"그러고 보니 어렸을 때 후쿠모토 씨가 쓸쓸한 표정으로 '앞으로 며칠, 몇 번이나 놀 수 있을지 생각했어'라는 말을 했는데 왜 그랬던 거야?"

그 말을 하지 않았다면 아카네는 내 기억 속에서 그저 '이사를 가버린 여자애'로 남았을지도 모른다.

그녀가 "아, 그거?" 하고 웃었다.

"그즈음 부모님한테서 또 이사 갈지도 모른다는 소리를 듣고 충격받았거든. 모처럼 친구가 생겼는데 또 이사를 가게 생겼으니 이 친구들과 앞으로 몇 번이나 같이 놀 수 있을까 아쉬워했었지. 괜히 미안하네. 그것 때문에 네 기억 속에 미스터리한 여자애로 남아 있었던 거 아니야?"

"아니야. 괜찮아."

순전히 내 착각이긴 했지만 결과적으로 그녀를 좋아하게 됐으니 괜찮다.

나는 옆을 힐끔 쳐다봤다. 그녀는 나란히 걸으면서 혼자서 신나게 그림자 밟기를 하고 있었다.

그 뒤로도 그녀는 종종 나와 함께 놀면서 놀이의 즐거움을 일깨워 줬다.

후쿠모토 씨가 어릴 적의 그 아카네였다는 걸 알고 충격을 받기도 했지만, 지금은 잘됐다고 생각한다.

아카네를 다시 만나서 정말 좋다.

…오늘은 꼭 전하자. 내 진심을.

그녀를 향한 마음을.

말하려면 바로 지금이야. 지금밖에 없어!

힘내라! 지면 안 돼!

"…저기!"

"응?"

열심히 그림자를 밟고 있던 그녀가 고개를 들었다.

나는 쿵쾅거리는 가슴을 달래며 말했다.

"후쿠모토 씨의 횟수가 앞으로 얼마나 남았는진 모르겠지만."

"응."

"평생 놀 수 있는 횟수를 나한테 줄래? 내가 행복하게 해줄게!"

말했다! 해냈어! 말했다고!

나는 활짝 웃으며 후쿠모토 씨를 봤다.

그녀는 입을 헤벌린 채 나를 보고 있었다.

…이상한데? 여러 번 이미지 트레이닝을 거듭해 본 바에 따르면 여기서 그녀가 눈물을 흘리며 다가와 나를 꼬옥 끌어안는 감동적인 장면이 이어져야 하는데.

내가 이상한 말을 한 건가?

방금 그 대사는 다시 떠올려봐도 꽤 괜찮았던 것 같은데….

거기까지 생각하고 새삼스럽게 깨달았다.

후쿠모토 아카네.

가타기리 아카네.

어째서 성이 바뀌었을까?

"크아악!"

그제야 난 눈치챘다.

"겨, 겨겨, 결혼했구나!"

유부녀인 줄도 모르고 내가 방금 무슨 소리를…!

부들부들 떠는 나를 보고 그녀가 웃기 시작했다.

"다부치는 정말 둔감해."

"미, 미안해. 나, 남편분께도 사죄의 말씀을….”

"중학교 때 부모님이 이혼해서 성이 바뀐 거야! 내가 결혼했다면 이렇게 자주, 더욱이 단둘이서 다부치랑 놀 수 있을 리가 없지. 나 참.”

그녀는 기가 막히다는 듯 말하고 히죽 웃어 보였다.

"그나저나 아까 그거 프러포즈? 다부치도 적극적인 사람이 다 됐네?”

"푸엑! 아니, 아니야. 결단코 아니라고!”

"그렇게 손사래까지 치면서 부정하니까 오히려 내 마음이 복잡해지네.”

고개를 붕붕 가로젓는 나와 그걸 보고 웃는 그녀.

행인들이 묘한 눈초리로 우리 옆을 지나갔다. 그래도 나는 무섭지 않았다.

남들에겐 꼴불견이든 말든, 나는 지금 이 순간을 즐기고 있다.

당신이

살 수 있는 날수는

앞으로 7000일 남았습니다

"나오야는 이다음에 뭐가 되고 싶으냐?"

"난, 가수!"

"가수? 이 할아비는 트로트밖에 모르는데."

"가수는 말이야, 부도칸*에서 라이브를 해."

"좋았어. 그럼 그 꿈을 위해서 열심히 노력해야겠구먼!"

"응!"

"그만하세요, 아버지. 나오가 진심으로 가수가 되려

---

* 　도쿄 지요다구에 위치한 대형 경기장. 스포츠 경기뿐만 아니라 각종 대형
　　공연이 열리는 대표적 시설로, 대중음악 가수들에게는 '꿈의 무대'라는 상
　　징적 의미가 크다.

고 마음먹으면 어쩌려고요."

"가수가 되면 어때서? 지금도 나오야는 진심이지?"

"음악으로 밥 벌어먹고 사는 녀석은 한 줌밖에 안 된다고요. 그러니 나오한테는…."

"나오야가 그 한 줌 안에 들어갈지 말지 정하는 사람은 네가 아니잖아."

"그야 그렇지만…."

"더욱이 설령 한 줌 안에 들어가지 못하더라도…."

✻　✻　✻

내가 열 살 때였다.

"살 수 있는 날수가 눈에 보인다고?"

툇마루에서 손톱을 깎던 할아버지가 놀란 얼굴로 물었다. 나는 고개를 끄덕였다.

"할아부지 눈에는 안 보여?"

"안 보이지. 요즘 너희 학교에서 그런 만화가 유행하는 거냐?"

나는 고개를 저었다.

당신이 살 수 있는 날수는

흐릿하게 번진 그 문장은 내 시야에서 사라지지 않았다.

"만화가 아니라 내 눈에 보여. 진짜야."

"할아비가 살 수 있는 날수도 보이냐?"

"아니, 내 것만. 조금 뿌옇게 보여."

나는 눈에 보이는 것을 그대로 설명했다.

내 이야기를 할아버지가 어떻게 생각했는지는 모르겠다. 하지만 결코 피식 웃어넘기거나 나를 거짓말쟁이라 나무라지는 않았다. 할아버지는 가수가 되고 싶다는 꿈도 비웃지 않고 들어줬으니.

할아버지는 언제나 내 편이었다.

"할아부지, 이 숫자 가짜지? 근데 진짜면 어떡해?"

나는 불안해하며 물었다.

이 숫자가 진실이라면 나는 앞으로 약 31년밖에 살지 못한다. 마흔한 살에는 세상을 떠나야 한다는 뜻이다.

할아버지가 걱정스레 나를 쳐다봤다.

"그 숫자가 줄곧 눈에 보이니?"

나는 고개를 저었다. 숫자가 평소에 항상 보이는 건 아니었다.

"노래방에 갈 때는 보이지 않아."

"좋아, 그럼 앞으로는 노래방에 가자꾸나. 가수가 되려면 연습도 해야 하니."

할아버지가 무릎을 팡 때리고 일어섰다.

내가 태어나기 전에 돌아가신 할머니와 1년 전에 돌아가신 내 부모님의 영정사진.

할아버지는 두 사진을 보면서 말했다.

"그딴 숫자는 눈앞에서 곧 사라질 게야."

그 말이 믿음직스러워서 나는 할아버지의 주름투성이 손을 꼬옥 쥐었다.

✻ ✻ ✻

나와 할아버지는 자타가 인정할 만큼 사이가 무척 좋았다.

휴일에는 늘 둘이서 외출했고, 집에서는 함께 게임을 하기도 했다. 나는 격투 게임에서 필살기 쓰는 법을 할아버지에게 알려줬고, 할아버지는 대나무 잠자리 만드는 방법을 나에게 알려줬다.

우리는 자주 함께 놀고, 자주 마주 본 채 웃었다.

나와 할아버지는 친구 같은 사이였다.

할아버지는 언제나 나를 응원해 줬다.

"음악은 잘 모르지만, 나오야 목소리를 듣고 있으면 이 할아비는 참 즐겁구나."

내가 노래할 때면 언제나 웃으며 박수를 쳐줬다. 대학 친구들과 밴드를 결성했다고 말했을 때도 그 누구보다 기뻐해 준 사람은 할아버지였다.

그러나.

"내 집에서 당장 나가!"

대학 생활이 시작된 지 3개월. 매미가 울기 시작했을 즈음 할아버지가 버럭 호통을 쳤다.

기타를 들고 외출하려던 나는 화들짝 놀라 할아버지를 쳐다봤다. 격앙된 것 같기도 하고 뭔가 혼란스러워하는 것 같기도 한 할아버지의 그런 얼굴은 그때껏 본 적이 없었다.

"아니, 할아부지, 대체 무슨 소리야? 뜬금없이….."

"네 생활이 너무 불량해. 그 비쩍 마른 몸뚱이 좀 봐라. 운동도 하고 밥도 좀 제대로 챙겨 먹어야지!"

영문을 알 수 없었다. 여태껏 내 응석을 받아주던 할아버지가 느닷없이 나를 공격하다니!

그냥 가만히 내버려두면 평상시로 돌아오려나?

나는 그렇게 생각하며 현관에서 신발을 신었다. 그런데 할아버지가 내 등을 향해 또 노성을 질렀다.

"이제 나한테 말 걸지 마라!"

내가 뒤돌아봤을 때 할아버지는 보이지 않았다.

"혹시 치매 아냐?"

잠자코 이야기를 듣고 있던 밴드 드러머… 내 여자 친구가 불쑥 말했다.

"치매?"

나는 감자튀김을 집어 먹으며 반문했다.

"텔레비전에서 봤는데, 치매에 걸리면 감정 기복이 심해져서 자주 화를 낸대."

"근데 치매에 걸리면 기억이 사라지잖아? 우리 할아버진 그런 것 같지는 않아. 나한테 누구냐고 묻거나 밥을 달라는 소리도 안 하시고."

"앞으로 차차 기억을 잃어버리실지도."

그녀는 카랑카랑 소리를 내며 얼음이 든 밀크티를 마셨다. 빨대 끝에 남은 립스틱 자국을 보며 나는 "설마?" 하고 중얼거렸다.

"우리 할아버진 나보다도 똑똑하고 분별력 있으신

분인데, 설마…."

"모를 일이지. 우리도 언젠가 나이를 먹으면 모든 걸 까먹어 버릴지도 모르고."

사람은 언제 죽을지 모르잖아. 그래서 난 하고 싶은 게 있으면 바로 해야겠다고 마음먹었어. 아, 맞다. 다음 주에 밴드 연습 끝나고 시간 있어? 가보고 싶은 데가 있는데.

그녀의 말에 나는 적당히 맞장구치면서 사람이란 정말로 알 수 없는 존재라고 생각했다.

당신이 살 수 있는 날수는
앞으로 8104일 남았습니다.

내 여자 친구는 이 문장이 보이지 않는다. 자신이 언제 죽을지 모른다.

그런데도 다음 주에 자신이 살아 있을 거라고 믿는다고?

모순되는 행동을 하는 그녀와 다음 주에 만날 약속을 하고 난 후 나는 집으로 돌아왔다.

"다녀왔습니다."

부엌을 들여다보니 할아버지가 저녁을 짓고 있었다. 오늘 저녁은 내가 좋아하는 생강 돼지구이였다.

아침에 나한테 짜증 낸 게 미안해서 그러나?

나는 안도하면서 할아버지에게 말을 걸었다.

"무지 맛있는 냄새가 나는데? 마침 생강 돼지구이 먹고 싶었는데. 아, 다음에 만드는 법 가르쳐줘."

나는 명랑하게 말했다.

하지만 할아버지는 "어"라고만 대답하고 입을 다물었다.

※　※　※

대학교 3학년 때까지는 즐거웠다.

밴드 활동을 점점 본격적으로 했다. 보컬을 맡은 나, 드럼, 기타, 베이스의 네 사람으로 구성된 밴드는 나날이 음악 수준을 끌어올렸다.

가사도, 음악도, 목소리도.

내가 보여줄 수 있는 최고를 끌어냈다고 자부할 수 있었다. 다른 멤버들의 연주도 납득할 만한 수준이었다. 많은 이들이 장래가 기대된다며 우리 밴드를 칭찬해 줬고, 우리도 그렇게 여겼다.

현재가 즐거운 것처럼 미래도 즐거운 장밋빛일 거라고 믿어 의심치 않았다.

그러나.

아무리 생각대로 일이 잘 풀리더라도 그게 꼭 미래로 이어지는 건 아니었다. 스스로 완벽하다고 자부하는 음악을 만들었더라도, 일부 사람들이 열렬한 지지를 보내더라도.

프로 세계에서는 그 누구도 우리를 공연에 불러주지 않았다.

당신이 살 수 있는 날수는
앞으로 7260일 남았습니다.

"나, 내년부터 취업 준비하려고."

대학교 3학년 가을, 기타를 맡은 데쓰지가 말했다.

밴드 멤버는 모두 동갑내기였다. 즉 내년에는 모두 4학년이 되어 취업 준비와 졸업논문에 시달리게 된다.

멤버들 사이에 무거운 분위기가 흘렀다.

"취업 준비가 뭐 어쨌다고. 밴드는 계속할 거지?"

내가 말했다. 괜히 실실거리며 입을 연 이유는 불안해서였다.

거짓말이지? 이 밴드는 이렇게 어중간하게 끝날 운명이 아냐.

"미안."

데쓰지는 이 한마디만 내뱉었다.

"대체 왜 그러는 거야? 이번에 내놓을 신곡도 겨우 모양이 잡혀가려는 차인데. 취업 준비 중에도, 직장 다니면서도 밴드는 계속할 거지?"

"난 올해를 끝으로 그만둘래."

그 목소리에 나는 뒤를 돌아봤다. 드럼을 맡은 내 여자 친구였다.

"너, 이럴 땐 농담하는 거 아니다."

"그건 내가 하고 싶은 말이야."

여자 친구는 지금까지 본 적 없는 눈빛으로 나를 쏘아봤다.

"우린 결국 싹을 틔우지 못했어. 설령 운이 나빴다고 해도 그게 운명인 거야⋯. 슬슬 현실을 직시해, 나오야."

그게 뭐야.

나는 베이스를 맡은 하루토의 표정을 살폈다.

이내 눈을 돌려버렸다.

"그게 무슨 소리야⋯."

음악성의 차이. 목표의 차이. 입장의 차이.

당신이 살 수 있는 날수는

보이는 것의 차이.

나 홀로 현실에서 고립돼 있었던 모양이다.

모든 게 끝나버린 듯한 기분이었다.

여자 친구와 나눠 꼈던 커플링을 빼버리고 집으로 돌아왔다. 오늘은 내가 저녁을 차리는 날이다. 냉장고를 열고 어제 사둔 참마를 꺼냈다.

"왔니?"

뒤에서 목소리가 들려 흠칫 놀랐다. 물론 할아버지였다. 웬일이지?

"할아부지, 오늘은 말 걸지 말라는 소리를 안 하네?"

내가 냉장고를 들여다보며 말하자 할아버지는 입을 다물었다.

치매로 보이는 증상은 해가 갈수록 악화되기만 했다.

할아버지는 무슨 일이 생겼다 하면 화부터 냈다. 입버릇처럼 "나한테 말 걸지 마"라고 했다. 내가 말을 걸어도 아무 대답도 하지 않은 채 흐리멍덩한 눈으로 허공만 바라볼 때도 있었다.

아무래도 치매가 아닐까 해서 병원에 모시고 가봤지만 이상이 없다는 결과가 나왔다.

분별력도, 기억력도 특별히 문제는 없습니다. 만약에 앞으로 무슨 변화가 생기면 그때 다시 와보세요.

그 후로는 병원에 가지 않았다. 당연히 약도 먹지 않았다.

하지만 할아버지가 치매에 걸렸을지도 모른다는 의심은 점점 부풀어갔다.

"나한테 말 걸지 마라! 저리 가! 이 집에 돌아오지 마!"

호통을 칠 때마다 온갖 상념이 뒤섞였다.

체념에 가까운 감정도 들었고, 같은 말을 반복하는 할아버지가 짜증스럽기도 했다. 한편으로는 할아버지가 치매 증상으로 화를 내는 건지도 모른다는 생각에 안타까운 마음도 들었다.

그리고 오늘처럼 할아버지가 먼저 말을 걸 때면 흐릿한 기대를 품게 됐다.

어쩌면 '예전 할아부지'로 되돌아온 게 아닐까 하고.

"오늘도 그거 했냐? 그 요란한 음악?"

"록."

된장국을 끓이면서 록을 말하고 있는 내 모습이 우스웠다.

참마가 구워지는 냄새를 맡으며 냄비에 된장을 풀었다. 아차, 무즙 준비하는 걸 깜빡했다.

"재밌어?"

할아버지의 물음에 나는 요리하던 손을 멈췄다. 무를 든 채로 뒤돌아봤다. 할아버지가 차분한 표정으로 옆에 서 있었다.

"재밌냐고, 음악이."

"뭐야, 뜬금없이."

하필 밴드가 해산된 날에, 라고 하려다가 목구멍으로 말을 삼켰다.

할아버지가 "아니…" 하고 우물쭈물하다가 내게서 무를 빼앗았다.

"어쩐지 오늘 네가 피곤해 보여서 말이다."

싹, 싹, 싹.

나는 힘없이 무를 가는 할아버지를 지켜봤다.

나오야 목소리를 듣고 있으면 이 할아비는 참 즐겁구나.

"할아부진 내 노래가 글러먹었다고 여기지 않아?"

푸념을 질문으로 포장해서 던졌다.

할아버지가 무를 갈면서 이쪽을 봤다.

"내가 그 요란한 음악에 대해 뭘 안다고 평가를 내리겠냐."

"흐음…."

나는 할아버지의 손에서 강판을 빼앗고 웃으며 말

했다.

"난 그 요란한 음악으로 유명해질 거야. 언젠가 할아
버지를 부도칸으로 초대할 테니 두고 보라고."

싹싹싹싹.

요란하게 무를 가는 나를 보며 할아버지가 흥 하고
콧방귀를 뀌었다.

"어서 음악으로 유명해져서 이 집에서 나가기나 하
거라."

"그래야지."

"내일부터 두 번 다시 나한테 말 걸지 마."

"어이쿠, 또 뜬금없는 거절이네."

나는 웃었다.

몇 초 전까지 나와 대화를 나눴다는 사실조차 까먹
은 듯 할아버지는 부엌에서 서둘러 나갔다. 그 등을 바라
보며 생각했다.

할아버지가 모든 걸 잊어버리기 전에.

당신이 살 수 있는 날수는
앞으로 7260일 남았습니다.

이 숫자가 0이 되기 전에 꿈을 이뤄야 해.

조금이나마 의욕을 되찾은 나는 무릎 가는 박자에 맞춰서 새로운 멜로디를 흥얼거렸다.

하지만 신나는 콧노래는 그리 오래가지 않았다.

＊　＊　＊

지금 죽어도 좋겠다!

부도칸 라이브에서 관객들의 앙코르 세례를 받으며 그런 생각을 할 줄 알았는데.

앙코르, 앙코르.

고생했던 과거가 머릿속을 스치며 눈물이 그렁한 눈으로 감회에 젖은 채….

지금 죽어도 좋겠다!

그러나 현실은 그렇게 순탄하게 흘러가지 않았다.

나는 한 10분 동안 네 번쯤 그 말을 머릿속으로 떠올리고 있었다.

"자네 말이야. 대학 시절에 뭘 한 건가? 밴드? 그 밴드는 어떻게 됐지? …아무 일도 없이 그냥 해산. 오호?"

빈정거리는 면접관의 말을 나는 꾸욱 참아냈다. 싹싹했던 웃음은 점차 패기 없는 미소로 바뀌었다.

대학교 4학년 초여름. 밴드 멤버였던 친구들은 모두 직장을 정했다. 미래에 머물 자리를 구하지 못한 사람은 나뿐이었다.

아, 이제 죽었으면 좋겠는데.

당신이 살 수 있는 날수는
앞으로 7041일 남았습니다.

하지만 이 숫자는 '이제 죽었으면 좋겠는데' 하고 푸념하는 나를 비웃는 듯했다.

겨우 면접을 끝내고 비틀거리며 자리에서 일어났다.

"감사합니다."

정석대로 인사하고 고개를 든 순간, 눈에 들어온 면접관의 표정을 보고 나는 확신했다.

아, 또 떨어졌네.

지친 몸을 질질 끌다시피 전철에 올랐다. 좌석은 사람들로 빼곡했다. 다행히 출입문 쪽에는 아무도 없었다. 편안한 공간을 확보하고 수첩을 펼쳤다.

취업 설명회, 입사 지원서 제출 기한, 면접일.

수첩은 한 달 내내 재미없는 일정으로 빼곡히 메워져 있었다.

수첩에 음악과 관련된 단어는 하나도 없었다. 4학년이 된 뒤로 기타는 만져보지도 못했다.

어차피 마흔한 살에 죽을 텐데 내키는 대로 살면서 꿈을 향해 나아가자. 그렇게 생각했으면서 결국 주변에 휩쓸려 구직활동을 시작한 내가 한심스러웠다.

얼마 전까지만 해도 그토록 즐거웠는데 어쩌다 이렇게 된 걸까?

앞으로도 틀림없이 시시한 삶이 이어지겠지.

전철 문에 관자놀이를 대고 바깥을 내다봤다. 흘러가는 풍경과 노을, 내 눈에만 보이는 검은 문장.

'살 수 있는'이라는 구절이 뿌옇게 보였다.

* * *

당신이 살 수 있는 날수는
앞으로 7000일 남았습니다.

이 숫자를 믿는지 묻는다면 솔직히 반신반의다.

생명이 위독했을 때 이 숫자를 봤다면 철석같이 믿었을지도 모르겠다. 그러나 매일 신나게 뛰어놀던 어린 시절에 느닷없이 '앞으로 살 수 있는 날수는 1만 일 남았습니다'라는 문장이 나타났으니 잘 와닿지 않았다.

희한한 숫자.

하지만 매일 하나씩 꼭 줄어드는 그 카운트다운은 결코 웃어넘길 수 없었다.

짜증스럽고 믿기 어렵지만, 그래도 무시할 수는 없는 것.

마흔한 살에 죽을 가능성이 분명히 있긴 하지.

부모님이 마흔 살에 돌아가셔서 나는 그 숫자를 엉터리라고 치부할 수 없었다.

그래서 이렇게 생각했다.

죽는 날까지 매일 하고 싶은 걸 하자.

일정표에 즐거운 일만 한가득 집어넣고 늘 웃고 다니는 어른이 되자.

그런데.

미래 따윈 생각하고 싶지도 않아.

나는 어느새 어렸을 적에는 상상조차 하지 않았던, 머릿속으로 불만을 되뇌는 어른이 돼 있었다.

주변에 휩쓸려 그냥 그렇게 살아가며.

나의 스물두 살이 즐겁지 않은 이유를 '사회'와 '어른' 탓으로 돌렸으면서도 그런 사회에서 낙오자가 되지 않으려고 구직활동을 하고.

과거로 돌아가고 싶다거나, 열여덟 살인 채로 나이
를 먹고 싶지 않다는 헛소리를 하면서.

당신이 살 수 있는 날수는
앞으로 7000일 남았습니다.

눈앞의 숫자가 틀렸기를 바라게 된 어느 날.
"…어라?"
마치 나를 야유하듯이.

당신이 살 수 있는 날수는
앞으로 7000일 남았습니다.

카운트다운이 느닷없이 멈췄다.

＊　＊　＊

언제 다시 움직일까 생각하며 나는 멍하니 앉아 있
었다.
작동이 중지됐습니다. 정보를 복구 중입니다.
"컴퓨터 또 멈췄어?"

옆자리 동료가 묻자 나는 두 팔을 올리며 대답했다.

"보다시피. 일을 할 수가 없어."

"컴퓨터가 오래돼서 맛이 갔나 보네."

"그렇겠지."

당신이 살 수 있는 날수는
앞으로 7000일 남았습니다.

"…왜 멈춘 거지?"

나는 두 가지 의미를 담아 중얼거렸다.

그때 동료가 지갑을 들고 일어섰다.

"나, 점심때 먹을 것 좀 사 올 테니까 그동안이라도 이 컴퓨터 쓸래?"

"오, 고마워. 딱 3분만 쓰자."

나는 곧바로 동료의 자리로 옮겼다.

슬슬 점심시간이었다. 직원들이 하나둘 밖으로 나가거나 도시락을 꺼내고 있었다. 나는 지루한 작업을 묵묵히 계속하며 한숨을 내뱉었다.

시시한 업무, 시시한 시간. 아니, 시시한 나날이었다.

이 회사에서 해왔던 일도, 사회인이 되고 나서 보냈던 시간도 그랬다. 모든 것이 타성에 젖어 있었다. 즐거움 따윈 하나도 없었다.

매일 벌어지는 시시콜콜한 일에 시달렸고, 집으로 돌아가서는 잠만 잤다.

'안정'이라는 단어 위에 얹혀사는, 판에 박힌 나날.

예전엔 이렇지 않았는데. 대학생 때는 하루하루가 즐거웠는데.

10년 전부터 계속 붙들어 왔던 "지금 죽어도 좋겠다"라는 말은 빛이 바래지 않고 내 마음속에 들러붙어 있었다.

당신이 살 수 있는 날수는
앞으로 7000일 남았습니다.

카운트다운은 여전히 멈춘 상태였다.

"왜 안 움직이지?"

"빨리 작동했으면 좋겠네."

"어?"

책상 위에 캔커피가 톡 놓였다. 내가 좋아하는 무설탕 커피. 고개를 드니 점심을 사러 나갔던 동료가 편의점 봉투를 들고 있었다. 봉투 안에 든 내용물은 주먹밥보다 가벼워 보였다.

"또 샌드위치냐, 모치즈키?"

모치즈키가 고개를 끄덕였다. 업무를 일단락 지은 나는 내 자리로 돌아왔다. 모치즈키는 일부러 내 앞에서 샌드위치를 흔들었다.

"겨울 한정, 당근과 우엉이 든 샌드위치야."

"아, 예. 모치즈키는 편식쟁이가 아니지요."

나는 검은색 도시락을 책상 위에 올렸다.

"착실하네, 고모다."

"자취하거든."

내가 선수를 쳐서 말하자 모치즈키는 잠시 멍하니 있다가 소리 내어 웃었다.

모치즈키의 책상에는 손도 대지 않은 귤이 놓여 있었다.

❅ ❅ ❅

오지 마!

외침 소리가 노인 요양원에 울려 퍼졌다.

"어제까지만 해도 기분이 좋으셨어요."

요양원 직원이 그렇게 말하고 아차 하는 표정을 지었다.

"아, 아니. 손주분과 만나기를 학수고대하고 계셨어

요. 아니, 아니, 과거형이 아니라, 저기."

"괜찮습니다. 익숙한 일이니."

어떻게든 자신의 말실수를 만회하려는 직원을 안심시키려고 나는 미소를 지었다. 할아버지의 잠옷이 든 종이봉투가 부스럭거렸다.

나는 직장을 잡은 후 할아버지를 요양원에 모셨다.

그럼 나오야, 건강하게 지내라.

할아버지는 요 몇 년간 보인 적 없는 환히 웃는 얼굴로 말했다. 그래서 나도 안심하고 할아버지에게 손을 흔들 수 있었다. 하지만.

오늘도 또 호통을 치시겠구나.

할아버지의 방 앞에서 심호흡을 했다. 애써 태연한 표정으로 문을 열었다.

"이쪽으로 오지 마!"

"할아부지, 여전히 정정하신 것 같네?"

물건을 집어던지기라도 할까 봐 걱정했는데 다행히 그런 일은 없었다. 할아버지는 침대 위에서 신경질만 낼 뿐이었다.

"왜 네놈이 병문안을 오냐! 오지 말라고 했잖아! 젊은 녀석이 얼른 가서 일을 해야지, 여기서 뭘 하는 게야!"

"오늘은 직장 쉬는 날이야. 새 잠옷을 사 왔어. 할아부지 좋아하는 파란색."

나는 그렇게 말하며 할아버지의 수납함을 확인했다. 딱히 줄어든 건 없었다. 돌아가기 전에 직원에게 필요한 물건이 없는지 물어봐야겠다.

노발대발하던 할아버지가 점점 차분해지기 시작했다. 늘 그랬다. 내 얼굴을 맞닥뜨렸을 때만 귀신 같은 얼굴로 성을 내고, 그냥 내버려두면 온전한 정신으로 돌아왔다.

"…나오야."

"응?"

"안색이 안 좋구나. 밥은 잘 챙겨 먹고 다니냐?"

할아버지가 불안한 목소리로 물어와서 나는 고개를 들었다.

밥은 잘 챙겨 먹고 다니냐?

한 달 전에 내가 모치즈키에게 했던 말이다.

"할아부지가 하도 신신당부해서 난 끼니마다 잘 챙겨 먹고 있어."

'난'이라는 말에 무심코 힘을 줬다. 할아버지가 내 얼굴을 힐끔 쳐다봤다.

"나오야."

"왜?"

"너 요즘 그 요란한 음악은 안 하냐?"

'록'이라고 정정해 줬다.

"일이, 바빠서. 통 못 하고 있어."

"…그러냐."

"기타 만질 기회도 없고…. 말 나온 김에 할아부지, 나 대신 한번 쳐볼래? 꾸준히 관리해 둬서 상태는 나쁘지 않아."

할아버지가 고개를 천천히 가로저었다.

나는 분위기를 누그러뜨리려고 짐짓 웃어 보였다.

"학생 때가 진짜 좋았는데 말이야. 좋아하는 음악에 집중할 수 있었지. 재능은 없었지만 꿈은 있었어. 그 시절로 돌아갈 수 있다면…."

"재능은, 있었잖아?"

"어?"

"음악을 즐기는 재능이 있었잖아. 분명 너한테는."

나는 입을 다물었다. 옛날에 할아버지가 했던 말이 떠올랐다.

설령 한 줌 안에 들어가지 못하더라도 나오야한테는 음악을 즐기는 재능이 있어.

할아버지는 말주머니에서 꺼낼 말을 고르고 고르다가 입을 열었다.

"지금은 하나도 즐거워 보이지 않는구나."

"…."

"꿈은 제멋대로 사라지지도 않고, 네 곁에서 달아나지도 않잖아?"

할아버지는 거기까지 말하고 심하게 기침을 했다. 나는 황급히 할아버지의 등을 문질렀다. 등이 몹시 굽어 있었다. 저번에 봤을 때보다 몸집도 더 작아졌다.

* * *

요양원을 나와서 숨을 크게 내쉬었다. 날이 추워서 몸이 떨렸다. 머플러를 다시 단단히 둘렀다.

크리스마스의 흥겨움과 연말의 적적함이 동시에 느껴지는 시기였다.

허공에서 바람이 신음하는 소리가 들리자 나는 걸음을 재촉했다. 위아래로 출렁이는 전선과 엄청난 속도로 흘러가는 구름. 하늘은 분명 맑은데도 날씨가 고약하게 느껴졌다.

따뜻한 거라도 마실까.

자판기로 이끌리듯 가서 동전을 넣었다. 옥수수 수프 버튼을 누르려는데 뒤에서 말소리가 들렸다.

"거기 팬케이크 진짜 맛있더라. 아버지도 함께 먹었으면 좋았을걸."

"맞아. 하필 예약한 오늘 허리를 삐끗하다니."

귀에 익은 목소리에 고개를 돌려봤다.

설마 싶었는데 그 설마가 맞았다.

"모…."

"다음에 아버지랑 셋이서 또 오자."

그곳에 있는 모치즈키는 그 어느 때보다 행복해 보였다.

모치즈키, 너 요즘 밥은 잘 챙겨 먹고 다니냐?

내가 그렇게 물은 지 불과 열흘 뒤에 모치즈키는 묵묵히 책상을 정리하고 있었다.

몸이 좋지 않아서 퇴직한다.

우리가 들은 말은 그것뿐이었다. 상사는 사정을 아는 듯했으나 아무 말도 하지 않았고, 모치즈키도 결코 입을 열려고 하지 않았다.

다만 짐을 정리하는 모치즈키에게서 풍기는 스산한 분위기를 직원들은 모두 느낄 수 있었다.

두 번 다시 만날 수 없을 것 같다.

수척해진 모치즈키를 보고 그렇게 느낀 사람은 나뿐

만이 아니었을 것이다. 그러나 마지막 작별 인사를 건네는 사람은 없었다. '마지막'이라는 말을 쓰는 것조차 꺼려졌기 때문이었다.

정적에 휩싸인 공간에서 모치즈키가 짐을 챙기는 소리만이 울리고 있었다.

아무도, 아무 말도 할 수 없었다. 혹은 무슨 말을 해야 좋을지 알 수 없었다.

"…고모다, 미안. 이것 좀 받아줄래?"

느닷없이 이름이 불려서 나는 어깨를 흠칫 떨었다.

모치즈키가 미안해하며 나에게 내민 것은 캔커피 여러 개였다. 모치즈키가 좋아하는 블랙커피.

"졸음이 오면 마시려고 사둔 건데 너무 많이 샀어."

모치즈키가 힘없이 웃었다.

누가 봐도 많다고는 할 수 없는 양이었다. 평범한 사람의 눈으로 봤을 때는. 그만한 캔커피쯤은 금세 다 마실 수 있을 테니까.

"…모치즈키, 저기."

"이번 정월은 오랜만에 본가에서 보내기로 했어. 나잇값도 못 하고 가슴이 두근거려."

그가 자질구레한 물건을 골판지 상자에 담으며 말했다.

"오세치 요리*랑 이런저런 음식이 한가득 차려져 있겠지. 요전에 본가에 전화했을 때 이것저것 해달라고 졸랐거든."

드디어 긴 반항기가 끝난 것 같은 느낌이랄까?

모치즈키가 책상 위에 내버려뒀던 귤을 집었다. 그는 썩어 들어가는 귤을 버리지 않고 두 손으로 감쌌다.

"그럼 이만, 고모다."

모치즈키는 떠나면서 웃어 보였다. 그 웃음이 억지인지, 진심인지 그때의 나는 짐작할 수 없었다.

"…다음에 나도 딸기 팬케이크를 한번 해볼까?"

모치즈키는 그날보다 더 자연스럽게 웃으며 한 아주머니와 이야기하고 있었다.

모치즈키의 입에서 나온 '다음에'라는 한마디가 나를 꼼짝도 할 수 없게 만들었다.

"그나저나 오늘 엄청 쌀쌀하네. 가즈키, 피곤하지 않니?"

"괜찮아. 요즘 몸이 진짜 많이 좋아졌어."

* 　일본에서 정월에 먹는 명절 요리. 새우, 청어알 등 길한 의미를 지닌 음식들을 찬합에 담아 먹는다.

모치즈키는 웃으며 어머니로 보이는 분에게 말했다.

"날마다 맛있는 음식을 먹어서 그런가?"

"애가 빈말만 늘었어. 저녁에 뭐 먹고 싶니?"

"육수 계란말이 넣은 주먹밥."

"그거 참 좋아하네."

두 사람은 서로 웃음을 보이며 걸음을 옮겼다.

나는 차마 말을 걸지 못하고 그저 모치즈키의 뒷모습만 바라봤다. 그의 등에서는 회사에 있을 때 감돌았던 애수가 전혀 느껴지지 않았다.

"저렇게 웃을 줄도 아는구나."

다음에, 라는 말을 곱씹어봤다.

모치즈키는 여전히 단단히 붙들고 있었다.

나는 진즉에 버린 것. 꿈, 희망.

그리고 그것을 향해 나아갈 결의까지.

집으로 돌아오니 감탄이 나올 만큼 먹을 만한 것이 아무것도 없었다.

저녁으로 먹을 만한 음식도, 홧김에 마실 술도.

열었던 냉장고 문을 살짝 닫고 텔레비전을 켰다.

퀴즈, 예능, 연말 특집 방송. 채널을 이리저리 돌려봤지만 볼 만한 게 없었다. 텔레비전에서 웃음소리가 터져

나온 순간 전원을 꺼버렸다.

"아무것도, 없네."

조용해진 공간에서 불쑥 중얼거렸다.

방을 둘러보니 나름 물건들은 있었다. 별 이유 없이 모아온 만화책, 어디까지 진행했는지 모를 게임, 녹화해 놓고 보지도 않은 드라마.

시간을 재밌게 보낼 수 있는 것들은 많은데 그 어느 것에도 손을 대고 싶지 않았다.

아무것도 없어.

그렇게 생각하다가 이윽고 뭔가를 집어 들었다.

먼지를 뒤집어쓴 기타 케이스였다.

"이것도 이제 버려야겠네."

나는 그렇게 말하면서도 케이스에 쌓인 먼지를 정성 껏 털어냈다. 어차피 버릴 물건인데 먼지가 무슨 대수일 까? 하지만 도저히 버릴 수 없었다.

"두 번 다시 잡지도 않을 거면서."

기타도 그렇게 생각하고 있을 것 같아서 대신 말해 봤다.

다음에.

아까의 그 말이 머릿속을 스쳤다.

모치즈키가 퇴직한다고 들었을 때 나는 무슨 말을

해야 할지 고민스러웠다.

또 보자. 평소였다면 무심하게 했을 그 인사를 해도 될지.

모치즈키는 내가 망설이고 있다는 걸 눈치챘는지 먼저 말을 꺼냈다.

"그럼 이만, 고모다" 하고.

…체념했을 거라고 생각했어. 모치즈키도 나처럼 삶을 체념했을 거라고 착각했어.

하지만 그렇지 않았다.

꿈도, 희망도, 결의도, 녀석은 그 어떤 것도 포기하지 않았다. 어쩌면 한 번은 놓아버렸을지도 모를 그것들을 다시 움켜쥐고 있었다.

만약에 지금 모치즈키와 대화를 나눌 수 있다면, 그 녀석은 헤어질 때 웃으면서 이렇게 말하겠지.

"또 보자, 고모다" 하고.

나에게는 아무것도 없다.

이룰 수 없다는 이유로 꿈을 버렸고, 사회가 재미없다는 이유로 희망을 버렸다.

당신이 살 수 있는 날수는
앞으로 7000일 남았습니다.

뿌예진 상태로 더 이상 진행되지 않는 카운트다운에 절망한 채 불평불만만 쏟아내며 넋을 놓고 살아왔다.

"과거의 내가 지금의 날 보면 놀라서 자빠지겠지?"

먼지를 털어낸 기타를 향해 중얼거렸다. 그러고는 대형 쓰레기를 버리는 날이 언제인지 생각했다.

꿈을 버린다면 어떤 쓰레기로 분류해야 할까?

노래를 부를 의지도 없으면서 가사가 될 만한 말을 떠올리고 있는 나를 깨닫자 구역질이 날 것 같았다.

✻　✻　✻

첫 꿈. 건강. 차가운 하늘.

요양원 복도에 붙어 있는 새봄 맞이 붓글씨를 멍하니 바라봤다.

고타쓰. 새봄. 장생.

할아버지가 쓴 단어를 찾았다. 오른쪽 위로 뻗친 글자라 금세 눈에 띄었다.

미래.

"저희 할아부… 할아버지는 잘 지내십니까?"

나는 직원에게 물었다.

"그야 잘 지내시죠."

직원이 웃으며 대답하자 나도 덩달아 쓴웃음을 지었다.

"죄송합니다. 당연한 걸 여쭤서…. 이틀 전에도 와봤으면서."

할아버지가 하도 오지 말라고 호통쳐서 요 몇 년 동안은 2주에서 한 달 간격으로 병문안을 왔다.

그런데 오늘은 정신을 차려보니 이곳에 와 있었다.

우연히 모치즈키를 본 지 겨우 이틀 만에.

할아버지와 대화를 하고 싶었는지, 아니면 내 이야기를 하고 싶었는지 모르겠다. 오늘 모처럼 반차를 내서 시간이 남아돌아 그랬는지도 모르겠다.

그저 발길이 가는 대로 자연스럽게 놔뒀더니 어느새 할아버지 곁으로 향하고 있었다.

왜 또 왔냐고 평소보다 더 화를 내시겠네.

나는 평소처럼 할아버지의 방 앞에서 심호흡을 한 뒤 꾸지람 들을 각오를 하고 문을 열었다.

"미안, 할아부지. 온 지 얼마 되지도 않았는데 또."

나는 사과부터 하면서 방으로 들어갔다.

할아버지는 침대에 누운 채 창밖을 바라보고 있었다. 내가 알기로 창밖에는 빌딩만 늘어선 회색 풍경이 펼쳐져 있다. 그래도 할아버지는 나에게로 시선을 돌리려

하지 않았다.

방 안에 흐르는 침묵이 거북해서 나는 입을 열었다.

"할아부지가 오지 말라고 하는데도 그냥 저절로 오게 되더라고. 왜 이러는지 모르겠네. 아, 오늘은 마침 반차 내서…."

"이쪽으로 오너라."

할아버지가 창에 비친 나를 보고 말했다.

"언제까지 거기 멀뚱히 서 있을 거냐?"

"…아, 어어."

변명을 늘어놓던 나는 조심스럽게 다가갔다.

말투로 보아 할아버지는 지금 거의 정상인 것 같다. 하지만 꾸지람하기 전에 으레 느껴지는 긴장감이 내 몸을 휘감고 있었다.

"뭔가…."

분위기를 누그러뜨릴 수 있는 말을 궁리해 봤다. 그러나 좀처럼 괜찮은 말이 떠오르지 않았다. 결국 늘 하던 무난한 말로 대신했다.

"뭐 필요한 거 없어? 잠옷이나."

"잠옷은 전에도 가져왔잖아."

할아버지는 지금 입고 있다며 파란색 옷소매를 잡아당겨 보였다. 나는 잔뜩 긴장해서 입을 다문 채 침대 쪽으로 의자를 당겨 앉았다.

침묵이 흘렀다.

텔레비전도 켜지 않은 방에서 할아버지와 단둘이 이
토록 오래 침묵한 건 처음이었다.

나는 할아버지를 쳐다봤다. 할아버지는 창밖으로 시
선을 돌린 채 조용히 숨을 쉬고 있었다.

"…왠지 말이야."

침묵을 견디지 못한 나는 불쑥 말을 흘렸다.

"치지도 않을 건데 버리지는 못하겠더라고. 기타 말
이야."

할아버지가 그제야 이쪽으로 고개를 돌렸다.

"아무리 생각해도 거추장스럽기만 하잖아. 자리만
차지하고, 쓸데도 없고. 벌써 10년 가까이 치지 않았으니
버리든가 팔아야 할 것 같은데. 근데 어쩐지… 저 기타가
옛날 추억을 전부 기억하고 있는 것 같아서."

어지간히 감상적이네, 하고 나는 웃었다.

"그래도 역시 기타를 쳤을 때가 즐거웠던 것 같아.
그 시절에는 데뷔할 수 있을 거라고 순수하게 믿었으니
까 하루하루가 보람차고 신나고…."

"버릴 필요는 없잖아?"

할아버지가 내 말을 막고 말했다.

"어?"

"기타 말이다. 버리고 싶지 않으면 억지로 버릴 필요가 없잖아. 다만…."

할아버지가 계속 말을 이었다.

"언제까지 거기 멀뚱히 세워만 둘 작정이냐?"

이번에는 아무 대답도 할 수 없었다.

할아버지가 스르르 두 눈을 감았다.

"…무슨 말을 할까 줄곧 생각해 봤는데… 역시 어렵구면."

할아버지는 그렇게 중얼거린 뒤에 숨을 크게 들이마셨다.

"즐거웠던 과거를 굳이 버릴 필요는 없어. 허나 과거가 자꾸 눈에 어른거려서 앞으로 나아갈 수 없다면, 그리고 그게 괴롭다면… 과거가 아닌 다른 걸 보면 된다."

한 마디. 한 마디.

할아버지가 단어를 확인하듯 차근차근 말했다.

"미래를 상상하는 일이 즐거울 때도 있고, 괴로울 때도 있지. 지금 넌 괴롭다고 여길지도 모르겠구나. 허나… 내가 보기에 지금 넌 앞뒤 따지지 말고 무작정 나아가야 그 응어리가 풀릴 것 같구나."

답을 하지 못하고 우물쭈물하는 나를 보고 할아버지

는 훗, 하고 웃었다.

"기타를 계속 간직하든 버리든 그건 네 자유다. 난 네가 억지로 음악을 해야 한다고 생각하지 않아. 다만 난… 네 요란한 음악과 그 노래를 부르면서 웃던 네 모습이 좋았다."

"…할아부지."

"어디까지나 내 얘기다."

할아버지가 등을 동그랗게 말고 기침을 했다. 나는 평소처럼 할아버지의 등을 문질렀다.

한동안 기침하던 할아버지가 이윽고 진정을 하고 쉰 목소리로 나직이 말했다.

"병문안 와줘서 고맙다, 나오야."

그 말에 나는 등을 문지르던 손을 멈췄다.

"어째서…."

어째서 그렇게 쓸쓸하게 말하는 거야?

평소와 달리 부드러운 할아버지의 목소리가 불안해서 나는 짐짓 익살을 떨어봤다.

"오늘은 늘 하던 그 소리를 안 하시네?"

내가 무얼 말하는지 눈치챘는지 할아버지가 훗, 하고 웃었다. 그러고는 온화한 목소리로 말했다.

"이제 병문안 오지 마."

"또 올게."

나는 웃으며 할아버지의 어깨에 손을 올렸다. 할아버지가 그 손을 살며시 쥐었다.

푸석푸석한 할아버지의 손이 살짝 떨리는 듯했다.

＊ ＊ ＊

나는 등을 쭉 펴고 가벼운 발걸음으로 요양원을 나섰다.

건물을 돌아봤다. 할아버지 방의 창문은 보이지 않았지만, 할아버지가 내 모습을 지켜보고 있는 것 같았다.

할아버지와 이야기 나누길 잘했어.

진심으로 그렇게 생각했다.

아주 오랜만에 평온한 할아버지와 이야기를 나눴다. 다음엔 할아버지가 좋아할 만한 선물을 들고 가야겠다.

"…다음에."

입에 손을 대고 말했다.

어제까지는 나를 침울하게 했던 그 말이 입 밖으로 저절로 나와서 기뻤다.

집으로 돌아오자마자 기타를 들고 밖으로 나갔다. 그대로 근처 노래방에 갔다.

"폐점 시간까지 무제한으로요."

밴드가 해산된 후로 이런 말을 한 건 처음이었다.

안내를 받은 방에서 맨 먼저 기타를 조율했다. 오랫동안 느슨해져 있던 줄을 천천히 조였다.

조율은 다 했지만 연주하는 법은 까먹었을지도 모르겠다.

불안한 마음으로 순서대로 코드를 눌러봤다. 생각보다 수월하게 손에 잡혔다. 중학생 때 고전했던 F 코드도 지금은 무난하게 짚을 수 있다.

"…좋았어."

나는 고개를 끄덕이고 박자를 타기 시작했다.

여름처럼 경쾌한 곡조와 가슴이 뻥 뚫릴 듯 신나는 가사.

내가 난생처음으로 만들어본 곡이었다.

나오야 목소리를 듣고 있으면 이 할아비는 참 즐겁구나.

할아버지가 기뻐하며 들어줬던 곡.

오랜만에 연주를 하니 가슴이 박자를 따라 뛰었다. 무심코 소리를 내질렀다. 정신을 차려보니 온몸이 음악을 즐기고 있었다.

네 요란한 음악과 그 노래를 부르면서 웃던 네 모습이 좋았다.

할아버지의 목소리가 머릿속을 스쳤다. 나는 속으로 그랬구나, 하고 대답했다. 아까는 미처 하지 못한 말이었다.

나도 노래를 부르는 시간이 가장 좋았어.

첫 번째 노래가 끝났다. 만족과 아쉬움을 동시에 느꼈다.

이 곡과 저 곡과 그리고….

다음에 부르고 싶은 노래가 머릿속에서 퐁퐁 샘솟았다. 나는 마음을 먹고 두 번째, 세 번째, 네 번째 곡을 연달아 노래했다.

고등학생 때 만들었지만 묻어버렸던 곡.

밴드를 결성하고 나서 멤버들과 함께 처음으로 연습했던 곡.

조금만 더 다듬었다면 완성했을 신곡.

지금 연주해 보니 유치한 부분이 적지 않았다. 목소리는 예전처럼 나오지 않았고, 음정이 크게 틀린 부분도 많았다.

하지만 싫지는 않았다.

노래도, 기타도, 음악도.

'좋아했던' 것이 아니라….

"…나, 역시 좋아하는구나."

노래를 마친 뒤 소파에 앉았다.

손목시계를 봤다. 노래하는 데 열중한 나머지 벌써 10시가 지나 있었다.

얼음이 녹아 밍밍해진 콜라를 마시고 숨을 돌렸다. 그리고 앞으로의 일정을 생각해 봤다.

내일은 휴일이니 오늘은 여기서 기타를 좀 더 연습하자.

연습하다가 집에 가서 목욕하고, 자고, 눈을 뜨면….

"새로운 곡을, 만들자."

손목시계를 보며 말했다.

"다 만들면 맨 먼저 할아부지한테 들려줘야지. 그동안 쳤던 곡을 전부 연습하자. 변주하고 싶은 부분도 많고, 그리고…."

이것도, 저것도, 그것도.

가슴이 뛰는 일정으로 잇달아 미래를 채워나갔다.

"내일부터 바빠지겠는걸."

그래도 내일이 어서 왔으면 좋겠다.

이런 충만감은 오랜만이었다.

숨을 내뱉고 허공을 올려다봤다. 따뜻한 조명과 시야에서 사라지지 않는 익숙한 검은 숫자.

"어라…?"

평소와 다른 숫자가, 보인다.

눈을 비비고 숫자를… 뿌옇지 않고 명료해진 문장을 다시 읽었다.

당신이 '앞도 바라보며' 살 수 있는 날수는
앞으로 6999일 남았습니다.

"6999일…."

줄어들었다. 게다가 문장도 이전과 다르다.

당신이 '앞도 바라보며' 살 수 있는 날수는
앞으로 6999일 남았습니다.

"앞, 도…?"

이상한 문장이다.

하지만 나다운 말이라고 생각했다.

미래를 상상하는 일이 즐거울 때도 있고, 괴로울 때도 있지.

"그때는 뒤나 발치를 내려다봐도 상관없다…. 그런 말이지, 할아부지?"

이곳에 없는 할아버지에게 말했다. 무슨 영문인지

갑자기 우스워져서 혼자 껄껄댔다.

노래를 부르고, 웃고.

이 숫자가 0이 됐을 때도 이렇게 지내고 있다면 최고일 텐데.

"오랫동안 기다리게 해서 미안."

기타를 향해 사과했다. 손가락으로 줄을 튕기자 삐친 듯한 소리가 울렸다.

그래도 기타는 음을 까먹지 않았다.

"또 힘내자."

기타에게 그리고 나 자신에게 말했다.

시간은 걸렸지만, 그래도 비로소.

과거와 함께 나는 앞으로 나아가기 시작했다.

❊ ❊ ❊

"고모다 씨, 저녁 드실 시간이에요."

"…말했던가?"

"뭐가요?"

"내가 나오야한테… 손자 녀석한테 도움이 될 말을 조금이라도 해줬던가?"

"예? 갑자기 왜 그런…."

"…."

"손주분이 가버려서 적적해지셨나? 괜찮아요, 곧 또 만나실 수 있을 거예요. 오늘 손주분이 콧노래까지 흥얼거리며 가더라고요. 할아버지와 진득이 대화할 수 있어서 틀림없이 무척 기뻤을 거예요."

"…그런가?"

당신이 손자와 대화할 수 있는 날수는
앞으로 0일 남았습니다.

"…그럼, 됐다."

지금 이 순간을 살아갈 용기

박춘상

눈앞에 갑자기 출현한 숫자 앞에서 이리저리 번민하는 이들의 희로애락을 담은 이 작품이 다시 출간되니, 역자로서 감개무량합니다. 당시에도 이 작품의 매력에 이끌려 뭉클한 마음으로 작업했던 기억이 선명합니다. 마치 첫 번째 독자가 된 듯 어서 뒷이야기를 읽고 싶어 조급해하면서도 정성을 들여 원서에 담긴 글을 한 글자씩 한국어로 새겨 나갔습니다. 이 멋진 이야기를 여러분께 어서 선보이고 싶다는 열망을 담아서 말이죠. 이 작품은 그만큼 역자로서도, 독자로서도 뜻깊었습니다.

이 작품은 눈앞에 어떤 한도를 나타내는 숫자가 출현한 사람들의 이야기를 다룹니다. 그전까지 평범하게 살아왔던 사람들은 눈앞에 숫자가 나타나자마자 갑자기 불안해하고 갈등하고 고민합니다. 하지만 곰곰이 생각해 보면, 숫자가 눈에 보이는 것 말고는 인생에 바뀐 것이 없습니다. 그저 생각과 마음가짐이 달라졌을 뿐. 결국 주인공들은 그 사실을 깨닫고 흔들렸던 삶을 다시 부여잡습니다.

이 작품이 한국에 처음 출간되었던 2019년, 저는 이 책을 통해 삶을 흔드는 외부 요인에 현혹되지 말고 지금 이 순간에 집중해야 한다는 깨달음을 얻었습니다. 언제 닥쳐올지 모를 불행 때문에 현재의 행복을 놓치기에는 삶이 너무나도 아깝다고 말입니다. 오늘의 나는 내일의 나보다 덜 중요한 존재가 아니고, 오늘의 내가 행복하다면 내일의 나 역시 행복할 거라고요.

이 후기를 쓰고 있는 2026년 현재, 다소 비약일지도 모르겠지만, 이 작품의 메시지는 각종 알고리즘에 끌려다니는 현재의 우리에게도 큰 울림을 줍니다. 작품 속 주인공들이 눈앞의 숫자에 현혹되어 본래 자신의 삶을 잃어버리듯이, 우리 역시 알고리즘이라는 보이지 않는 숫자에 휘둘리고 있는 것은 아닐까요? 알고리즘은 우리가 그동안 선택했던 바를 토대로 시스템이 결정해 알아서 추천해 줍니다. 아주 편리하지만, 이 알고리즘 때문에 자신이 진정 원하는 것과는 도리어 멀어진 것 같다는 느낌을 지울 수가 없습니다. 눈앞의 경험을 진술하게 겪고, 마음에서 우러나오는 감정이나 상념을 헤아려볼 기회조차 박탈된 것 같습니다. 알고리즘으로 인해 우리는 자기 자신과 멀어졌고, 타인과는 더욱 멀어졌습니다. 더 나아가 인간성의 상실까지도 겪고 있습니다.

'눈앞에 뜨는 숫자'를 '알고리즘이 제시하는 추천'으로 바꿔서 생각해 보면 작품의 확장된 메시지가 더욱 명료하게 드러납니다. 작품 속 주인공들이 숫자에 휘둘리지 않고 자신의 내면과 현실에 집중함으로써 진정한 삶을 되찾았듯이, 우리 역시 마찬가지입니다. 세상이 제시하는 숫자나 추천보다는 실제 현실에 더 집중하는 편이 낫습니다. 알고리즘이 대신하는, 실패하지 않을 것 같은 선택에만 붙들리지 않고 자기 내면의 소리를 살펴 진정으로 원하는 것을 손에 쥐어야 합니다. 다양한 경험, 다양한 사람들을 직접 겪으면서 마음을 화사하게 가꿔 나가는 것이 바로 인생이라고 생각합니다. 그런 의미에서 이 작품에 담긴, 눈앞의 숫자에 흔들리지 말고 지금 이 순간에 충실해야 한다는 메시지는 여전히 빛을 발합니다.

이 작품의 저자인 우와노 소라는 2017년에 그림책 《나의 하인》으로 등단했습니다. 일상에 흐르는 다양한 감성을 포착해서 그것을 적확한 문체로 표현하는 뛰어난 작가이지요. 주로 소설 투고 사이트 '소설가가 되자'에서 활동했는데, 이 작품 역시 해당 사이트에서 인기를 끌어 단행본으로 출간되었습니다. 국내에서는 이 단편집의 표제작이 영화로 제작되고 있다고 들었습니다. 원작의 감성이 서울과 부산으로 무대를 옮긴 영화 〈넘버원〉 속에서 어떻게 묘사될지 무척 기대됩니다.

어머니와의 관계를 '집밥'이라는 키워드를 통해 감동적으로 풀어낸 표제작 이외에 나머지 단편들도 호기심을 끄는 소재로 우리를 확 사로잡고 예상치 못한 결말로 이끕니다. 그 결말 속에는 눈물도 있고, 웃음도 있고, 따스한 깨달음도 담겨 있습니다. 이 단편집은 팍팍해진 독자 여러분의 가슴을 포근하게 만들어줄 종합 선물 세트 같은 작품입니다. 새해에는 그 누구보다 자기 자신에게 감동적인 작품을 선물해 보는 것은 어떨까요?

마지막으로 일본의 온라인 서점(아마존 재팬)에서 유독 인상적이었던 서평을 가져와 옮긴이의 말을 마무리하겠습니다. '일곱 편으로 이루어진 단편집이지만 여덟 번 맛있는 책'!

어머니의 집밥을 먹을 수 있는 횟수는 328번 남았습니다

초판 1쇄 발행 2026년 1월 28일
초판 6쇄 발행 2026년 2월 12일

지은이 우와노 소라
옮긴이 박춘상

책임편집 김새미나
디자인 MALLYBOOK 최윤선, 조여름
책임마케팅 최혜령, 박지수, 도우리, 양지환
마케팅 콘텐츠 IP 사업본부
해외사업 한승빈, 박고은
경영지원 백선희, 권영환, 이기경, 최민선
제작 제이오

펴낸이 서현동
펴낸곳 ㈜오팬하우스
출판등록 2024년 5월 16일 제2024-000141호
주소 서울특별시 강남구 테헤란로 419, 11층 (삼성동, 강남파이낸스플라자)
이메일 info@ofh.co.kr

ISBN 979-11-7577-129-1 (03830)

모모는 ㈜오팬하우스의 출판브랜드입니다.